# ザ・ヒート

浜田文人

ハルキ文庫

JN170884

角川春樹事務所

# ザ・ヒート

コンビニエンスストア『スマイル』の自動ドアが開いた。

《いつものコンビニにいる》

直前にメールが届かなければ、タクシーで女のマンションに直行していた。

小泉隼也《こいずみしゅんや》は、その女の後姿を見とめたあと、別の通路に入った。

長い髪の女が立っている。腕にかけたトートバッグに何かがおちた。

「おい、なにしてんねん」

女が顔をむけた。歳は三十前後か。目を見開き、さっと身をひるがえした。

小泉は女の二の腕を摑《つか》んだ。

「関你什麼事《グアンニーシエンマシー》」

女がわめいた。

「なんや、チャイニーズかい」

口の開いたトートバッグに数種類の商品がある。安物ばかりだ。

「どうされました」

声を発しながら、店員が近づいてきた。長髪の面長で、細い目はどんよりしている。横縞シャツの胸の名札には〈たかしま〉とある。

小泉は女からバッグを奪い取り、高島に差しだした。

「中を見ろ」

高島がバッグに手を入れる。

背後で女の声がした。聞き慣れた声音だ。

「どうしたの」

「なんでもない」ふりむかずに言った。「そとにおる」

「待ってください」高島が呼び止めた。「警察に通報しようと思うのですが……」

「好きにしろ。俺は消える」

言って、通路を出た。


ほどなく、森井《もりい》三岐子《みきこ》があらわれた。ダークグレーのリネンジャケットはひと目でマックスマーラとわかる。パンプスはジミーチュウか。仕事ではジミーチュウとマロノブラニクの靴を好んで履く。バッグはフェンディ、カーフスキンのブラックだ。

「帰ろ」

三岐子が言い、腕を絡ませた。たちまち三十九歳の女が無邪気な娘になる。

「ゆらすな」

小泉はビニール袋を取った。缶ビールが入っているはずだ。

三岐子が住むマンションは千代田区立麴町《こうじまち》小学校の近くにある。

「さっきの子、万引したの」

「ああ。俺のすぐ横で……舐《な》めとる」

「沽券《こけん》にかかわったの」

「そんな上等なもんは持ってへん。けど、ロレックスの時計をはめてた。ゴールドのブレスレット、トートバッグはブルガリや」

「あきれた」三岐子が目をまるくした。「おカネになると思ったわけ」

「まあな。けど、身形《ナリ》に目が行き、顔は見んかった」

「万引女を強請《ゆす》るなんて、隼ちゃんらしくないわ」

「法務大臣の娘が万引したこともある。で、とりあえず手をつけてみる。俺の癖や。関西風に言うたら、ダボハゼやな」

「なに、それ」

「ハゼは目の前にあるもんは何でも食らいつく。つまり、ダボのハゼや」

ダボは関西で使う蔑称で、あほとか、まぬけという意味がある。

「変なの」

三岐子が肩をすぼめ、バッグからキーを取りだした。

コーナーソファに腰をおろし、テレビとDVDプレイヤーの電源を入れた。

塵《ごみ》収集車の荷台が傾き、大量のごみが放り出される。男と女もおちてきた。ドッグレース場の金庫から大金をせしめた犯罪者夫婦だ。『ザ・ゲッタウェイ』。一九七二年に制作された、サム・ペキンパー監督、スティーブ・マックィーン主演の犯罪映画『ゲッタウェイ』のリメイク版で、映像美も臨場感も役作りもオリジナルには及ばないけれど、主演女優のキム・ベイシンガーが格好いい。あぶない男に惚《ほ》れる女を演じれば彼女の魅力が際立つ。リチャード・ギアと競演した『ノー・マーシィ』を観て、気に入った。

ソファに横たわった。ネイビーブルーのTシャツにオフホワイトのジャージ。家でシャワーを浴びているところに、三岐子から誘いの電話があった。

「来て、いきなり映画なの」

言いながら、三岐子がグラスと小皿を運んできた。髪が乱れている。急いで着替えたのか。だぶだぶのTシャツから左の鎖骨が露出し、右の太股はむきだしになっている。そんなことは気にするふうもなく、三岐子はソファに座るや脚を組み、缶ビールのプルタブを引きおこした。二つのグラスに注いだあと、コンビニ店で買ったナッツを小皿に盛った。

うまそうにビールを飲んで、口をひらく。

「隼ちゃんが好きな甘納豆も買ったよ」

「ああ」そっけなく返した。「直《じき》におわる」

ストーリーは覚えている。何度観てもこの映画のラストシーンは頬が弛《ゆる》む。

三岐子は話すのを諦めたようだ。ナッツを噛《か》み、ビールを飲む。

耳ざわりだが、文句は言わない。三岐子は映画を観る習慣がない。テレビは報道番組しか見ないという。DVDもプレイヤーデッキも小泉が持ち込んだ。三か月前、二度目に三岐子の部屋を訪ねたときのことだ。

国境を越えた先の、メキシコの長閑《のどか》な風景を見て、テレビを消した。

ナッツはすでになく、つまみは塩味のポテトチップに替わっている。

身を起こし、泡の消えたビールを飲んだ。

「あれをくれ」

「えっ」三岐子が目をしばたたく。「映画のつぎはお仕事」

語尾がはねた。が、怒ったふうには見えない。立ちあがって隣室に消え、茶封筒を手に戻ってくると、三岐子は小泉のとなりに腰をおろした。

人の気質を見抜く才覚があるのか、性格に因るものなのか。三岐子は小泉の神経を刺激するようなまねはしない。ものの順番をわきまえる。

三岐子がＡ４サイズの用紙の束をテーブルにのせた。

「先月加入した百八十六名よ」

きょうはゴールデンウィーク明けの十三日だ。

「大半は新入社員と就職浪人か」

「フリーターもいる」

小泉は用紙を手にした。

一枚目の冒頭に、会員名簿一覧とあり、一行下には、NPO法人・HWYG、の文字ときょうの日付がある。正式名称はハッピーワーク・オブ・ヤングゼネレーション。若者の雇用活動を支援し、職場や仕事上の悩みやトラブルの相談にのっている。

三岐子がHWYGの代表を務め、正職員四名と三名のアルバイトがいる。会員は四万七千人を超え、地方自治体に登録するNPO法人としては規模がおおきい。

小泉にはその程度の知識しかない。自分の稼ぎに関係ない情報はごみだ。つき合い始めのころはHWYGの活動内容を饒舌《じょうぜつ》に語った三岐子だが、小泉の反応の鈍さに嫌気がさしたのか、自分の仕事ぶりも話さなくなった。

それでも、三岐子に関する個人情報は集めた。

長野県の公立高校から都内の私立大学に進学し、広告代理店に入社した。勤続十年の大半期間をソーシャルメディア事業にたずさわり、その間に得た人脈とメディア知識を活かして、退社直後にＮＰＯ法人・ＨＷＹＧを設立した。三十二歳のことで、当時、与党民和党衆議院議員の支援があったといわれている。議員との不倫のうわさもあったが、調査事務所の報告書には、真偽のほどは不明、と記されていた。

大学の友人や会社の元同僚によれば、気性の激しさや芯の強さが窺《うかが》える半面、人情にもろい一面もあったという。学生のころは複数の男と交際していたようだが、会社で彼女の男関係がうわさになったことはないらしく、七年住んでいる現在のマンションとその周辺で、部屋に男が出入りしているとか、男と一緒にいるところを見たという証言はなかったとの報告を受けた。

小泉は、三岐子を抱いた翌日に仕事で利用する城西《じようさい》調査事務所に連絡し、三岐子に関する情報の取得と、十日間の追尾調査を依頼したのだった。

三岐子との出逢《であ》いはあざやかに覚えている。ことし二月のことだ。

小泉は、有楽町のイベントホールを覗《のぞ》いた。イベント案内板の〈若者〉という文字に誘われた。〈若者の非正規雇用を考えるシンポジウム〉と題した講演は退屈だった。大学教授や有識者らの熱弁はほとんど耳に入らなかった。時間潰しのようなもので、寒風が吹く路上に出たくなかったせいもある。

しばらくして傍らの通路を女が通り過ぎ、ひとつ前の席に座った。

　とっさに手を伸ばした。女がふりむいた。小泉は親指と人差し指で摘んだ糸くずを見せてほほえんだ。ありがとう。女のくちびるはそう言ったが、声は聞こえなかった。細くなった目が印象に残った。

　会場入口の長机に積んであるパンフレットと資料をまるめて手に持ち、外に出た。

「先ほどは、どうも」

　控え目な声に足を止め、ふりむいた。

「ありがとう」

「ジルサンダー、お似合いやね」

　糸くずにふれたとき、生地の良さはわかった。いまはデザインでわかる。

　女の目が三日月になった。

「お茶しよう」

　言って、歩きだした。女の靴音は背で聞いた。


　用紙をぱらぱらとめくった。HWYGの会員名簿をもらったのは二度目だ。最初は膨大な量の情報だった。そのときの資料と内容はおなじである。会員登録番号と氏名のあと、年齢、性別、職業と続き、履歴と家族構成も記されている。住所の欄には同居者の有無と居住年数がある。それらの個人情報は半年単位で更新されるという。

ざっと見たところ、新規登録者は十八歳から二十四歳までがほとんどだった。

「買い手は見つけてあるの」

グラス片手に、三岐子が訊《き》いた。もののついでのようなもの言いだった。

一回目は激怒した。HWYG会員の個人情報を買いたい、と切りだすと、三岐子は顔を真っ赤にした。

——それが目的でわたしに近づいたの。ばかにしないで——

罵声はしばらく続いた。

言訳も懇願もしなかった。諦めたわけではない。その場ではことわられても、日を置かずして応じるとの確信があった。自惚《うぬぼ》れや思い込みではなかった。

小泉は己の感覚やひらめきを信じる。結果は関係なく、迷いたくないからだ。確信が現実にならなくても己に落胆することはない。

「買い手を漁《あさ》るようなまねはせん」

「ふーん」三岐子がグラスを空けた。「相手を選ぶの。あぶない連中にも売るの」

「どういう連中や」

「振り込め詐欺のグループとか」

「相手の素性に興味はない。俺が決めた売値で買うやつに売る」

「買い手が犯罪者だったとして、警察に捕まったときはどうなるの。その人たちがTMR

から個人情報を購入したと供述したら……」

TMRは東京マーケットリサーチの略称である。個人情報取扱事業者、俗にいう名簿屋で、小泉が経営している。

「どうした」語気を強めてさえぎった。「いまごろ不安になったんか」

「わたしのことじゃない」

三岐子が煙草《タバコ》をくわえ、火をつけた。ときどき、小泉の煙草を喫《す》う。

「心配するな。買《こ》うた資料は、売るときには別の資料になってる。購入者の身元を確認せんのは、法的な追及を受けんためや」

個人情報保護法には第三者への提供に関する条項がある。それでも、法律に抜け穴は付き物だ。完全無欠の法律など存在しない。

「よけいなことを訊いちゃった」三岐子が紫煙を吐いた。「あなたの仕事はどうでもいいと割り切っているのに……隼ちゃんにズブズブなのよ。でも、ひとつだけお願い。わたしを抱くときのやさしい目……ほかの女には見せないでね」

小泉は乳房を掴《つか》んだ。うめき声が洩《も》れた。

目覚めたときはひとりだった。

ベッドで煙草を喫いつける。煙が横に撓《たわ》んだ。薫風が流れている。ベッドムールの出窓は開け放たれ、ドアが開いている。リビングの窓も開いているのだろう。十五階の角部屋で、リビングは南向きにある。

くわえ煙草でキッチンに行った。パーコレーターにコーヒーが淹《い》れてある。それをカップに注ぎ、リビングに移った。テーブルの新聞を流し読む。政治と経済の記事の内容のギャップがはなはだしい。史上最低の総理と政治部の記者らに揶揄《やゆ》される男はあいかわらず能天気で強気の発言をくり返し、彼の取り巻き連中も楽観論をくり返す。他方、経済面にあかるい将来を示す記事は見あたらなかった。

しかし、どうでもいい。新聞は現在地を知るための情報源である。

新聞と資料を持ち替える。頭の反応は鈍い。寝起きはいつもそうだ。が、使えるものとそうでないものとの選別くらいはできる。

コーヒーを飲み、顔をあげた。

正面の壁に三十号ほどの絵がある。下方に青緑の杜《もり》、上方に霞《かすみ》のかかったような空、菜の花だろうか、中央に黄色い花が帯状にひろがっている。

――信州の安曇野《あずみの》。わたしの故郷……あの杜のむこうに小川が流れているの――

三岐子が言った。それ以来、春の小川が目にうかぶようになった。

あくびを放ち、腰をあげる。化粧室で顔を洗う。視線をあげると、ミラーの悪戯《いたずら》書きが目に入った。おはよう。ルージュで書いてある。

ベッドルームに戻り、パジャマを脱ぐ。ピンホールの白シャツに紺色のスリムタイを結び、ピンを留めた。モヘアのスーツを選んだ。黒地にブルーのピンストライプ。クローゼットのパイプにはストライプの色違いが三着吊るしてある。衣服を置くようになって三岐子の笑顔が増えた。

タクシーで銀座二丁目へむかった。

外堀通りと銀座中央通りの中ほどにある細長いテナントビルに入り、メールボックスを確認する。チラシだらけだ。それをごみ箱に移し、エレベータに乗った。

三階フロアには五つのオフィスがある。

ＴＭＲのプレートがあるドアを引き開けた。

「おはようございます」

二人の女が声を揃《そろ》えた。何時に出社しようとおなじ挨拶だ。

三十七平米のフロアは幅広のパーティションで仕切られている。手前には三人。契約社員の西村愛美《にしむらまなみ》と石井《いしい》由梨《ゆり》が向き合い、その上座に経理の内藤《ないとう》がいる。

パーティションのむこうも三つのデスク。窓側は正社員の大塚旭《おおつかあきら》と川上雅志《かわかみまさし》、壁際のデスクを使う清水高明《しみずたかあき》はフリーのプログラマーで、基本的に週一回出勤する。

愛美が腰をあげた。

「なにを飲まれますか」

「まかせる」

「では、ローズヒップにします」

　愛美はハーブティーに凝っている。

　パーティションのむこう側は川上ひとりだった。

「清水はいつくる」

「来週の火曜と聞いています」

「あすにでも顔をだすように伝えろ」

「承知しました」

「それと、区切りがついたら部屋に来い」

　言って、ドア脇のパネルに人差し指をあてた。指紋認証キーだ。小泉だけが登録している。中に入ると、オートロックを解除した。

　十五平米ほどの社長室にはデスクとコーナーソファがある。

　ブラインドを上げてから、上着をハンガーラックに掛けた。

　チェアに座り、デスクのパソコンを起動する。

　そこへ愛美が入ってきた。

　アイボリーのキュロットスカートに生成りの半袖シャツ。黒のブラジャーが透けて見える。愛美も由梨もカジュアルな格好で出社するが、小泉は彼女らの身形にとやかく言わない。事務方の二人が社用で外出することはなく、来客もほとんどないからだ。

「ビタミンたっぷりで、愛煙家にはお奨めです」

デスクにティーカップを置いた。

「西村の肌がきれいなのもハーブのおかげか」

社員は呼び捨てにする。丁寧語は使わない。

「もっときれいになりたいです」

愛美が左手を頬にあてて言い、身をひるがえした。

HWYGの資料を見る。直近の取引に使う会員に赤のボールペンで丸印をつける。三十五名いた。首都圏に実家がありながら都心に住む独身者たちだ。

川上が入ってきた。渋い顔をしている。

「どうした。トラブルか」

「はい。支払いを待ってほしいと……新宿の猫が」

猫は符丁だ。犬、猫、虎、狸《たぬき》、狐《きつね》。東京二十三区のうち、すべての符丁を使っているのは新宿区だけだ。取引相手がいない区もある。

「理由は」

「手下に持ち逃げされたそうです」

「きのうのしのぎ分か」

闇の稼業がうまくいったときは連絡がある。自己申告だ。隠そうともごまかそうともいずればれる。そうなれば、裏社会から放逐される。土の中に眠ることもある。

「くわしいことは聞いていません」

「どあほ。電話せえ」

感情が昂《こう》じるときつい関西弁がむきだしになる。

だが、怒声を発しても心配ない。社長室は強度の防音仕様になっている。

川上が携帯電話を手にし、口をひらいた。

「でたら、代わられますか」

小泉は腕時計を見た。午後二時半になるところだ。

「三時半に新宿サブナードの駐車場……ひとりでカネを持って来いと言え」

「わかりました」

川上が電話で話している間にピンとネクタイをはずし、コットンパーカーを着た。

「ついて来い」

レイバンのサングラスをポケットに入れ、部屋を出た。

オフィスの裏手にある駐車場へ行き、レクサスＧＳ４５０ｈの運転席に乗った。

ホワイトパールの４ドア。ナビゲーションの自動更新、オペレーターと交信すれば走行中でもナビを自動変更できることが気に入った。いつまで経っても東京の地理を覚えられない。大阪にいたころも方向音痴だった。

レクサスが静かに走りだす。

外堀通りに出たところで、助手席の川上に話しかけた。

「女はできたか」

「いいえ。まだ恐怖心がぬけません」

川上が真顔で言った。

浮気がばれて彼女に包丁を振り回されたと聞いている。

川上は母の妹の一人息子だ。上京するさい母に手土産を押しつけられて、埼玉県所沢にある叔母の家を訪ねた。川上が大学四年の秋のことだ。以来、電話とメールでやりとりを始め、会社を設立してからは飲食に連れて行くようになった。

――お願い。雑用のアルバイトでもいいから、雅志を雇って――

叔母から頭をさげられたときは困惑した。まともな会社ではないと教えようとも思ったが、熟慮の末と聞かされては引き受けざるをえなかった。

「社長は、女でこわい思いをしたことありますか」

「ある。目が覚めたら咽元《のどもと》にナイフの刃先があった。小便ちびりそうやった」

「その危機を、どうやって逃れたのですか」

「馬乗りになってる女の目を見つめた」

「それだけですか」

「ああ。殺す気なら眠ってる間に刺してる。けど、感情が暴発せんともかぎらん。わめいたり、なだめたりするんは逆効果や」

「勉強になります。自分は腫れあがるほど殴りました」

「あほくさ。ところで、おふくろさんは元気か」

「はい。いまも手当てのいい夜勤をみずから望んでいます」

叔母は看護師だ。川上が十五歳のとき、埼玉県庁の職員だった亭主は心臓の発作であっけなく死んだ。母によれば、高校生になってグレかけた川上を立ち直らせ、大学に進学させたのは叔母の勝気な気性に因るところがおおきいらしい。

それが事実なら、叔母は最後の詰めを誤った。そう思うことがある。

警視庁の前を通過し、半蔵門を左折、新宿通りに入った。しばらく直進だ。新宿二丁目の交差点を右折して靖国通りに出る。新宿アドホックから駐車場に進入できる。

「たまには帰ってるんやな」

「毎週土曜か日曜に」

「それなら女はいらん。母親に勝る女はおらん」

「そんな……母親とはヤれません」

「なんのためにソープやヘルスがあるんや。あるものは有効活用せんかい」

「してます。けど、むなしくなるときが……」

「それよ。そういうとき母親の愛情にあまえたらええねん」

「社長は大阪に帰られているのですか」

「無沙汰や」

母は大阪府池田市に出戻りの娘と住んでいる。三歳下の妹だ。

建設会社を経営していた父は平成元年に死んだ。バブル終焉《しゅうえん》のころで、小泉は中学一年生だった。北新地で遊び、深夜に帰宅したところを暴力団の組員に射殺された。父の会社は三次か四次の下請で、警察発表では建設現場でのトラブルが原因ということだった。父は豪放磊落《ごうほうらいらく》な気性で、面倒見がよかった。そう話してくれたのは暴力団関係者だから、父の死に至る過程はおおよそ見当がつく。

小泉は高校時代に梅田でチンピラ相手にゴロを巻き、警察の世話になった。身元を引き受けてくれたのが先の暴力団関係者で、母が依頼したのだった。

小泉はフロントパネルのデジタル表示を見た。15:08。あと十数分で着く。

「駐車場の利用状況をチェックしろ」

川上が携帯電話のディスプレイにふれる。

「二十七台分、空いています」

新宿サブナード駐車場は四百台が利用できる。夕方以降は満車状況が続く。

「猫に電話や。区役所に近いスペースに停めてから俺に連絡するよう伝えろ」

アドホック側は入庫口、新宿区役所寄りは出庫口になっている。


駐車場の中ほどに車を停めた。三時半まで七分ある。

「おまえはここで待ってろ」

「大丈夫ですか」

「なにが。おまえを連れてるほうが心配や」

川上が視線を逸《そ》らした。強い口調で言うと、そうなる。

携帯電話が鳴った。

「１△６やな」

小泉はサングラスをかけ、キャップを被って外に出た。

１△６の車庫は通路脇にある。都内の公共駐車場はよく利用する。〈優良駐車場〉の基準を満たしていても、ホテルやオフィスビルの駐車場よりも管理がぬるい。証拠を残さない裏稼業では資料やカネの引き渡しを直接行なう。大型の公共駐車場は人目を避けるにはうってつけの場所だ。

1△6にはBMWが停まっていた。車中に二人いる。

車のフロントを通り過ぎ、助手席のウインドーをノックした。降りろと指で合図する。

ドアが開き、小太りの中年男が地面に足をつけた。

小泉は、男の上着の襟を摑み、股間を蹴りあげた。男がうめき、腰を折る。かかえるようにして男を助手席に押し戻した。

「カネは」

男がポケットの封筒を取りだした。

「身内じゃないか」

「関係ない」

「一回の取引で名簿代と成功報酬……二度取りしてるんだ。それも、よそより高いカネで……すこしは融通を利かせてくれてもいいだろう」

「ほな、ほかをあたれ」

小泉はドアを閉じた。

銀座二丁目の駐車場に車を停め、オフィスに戻った。

「お帰りなさい」

愛美が立ちあがる。

「横山《よこやま》様という男性から電話がありました。帰社されたら連絡がほしいとのことでした」

メモ書きをよこした。「先方様の電話番号です」

横山は知っている。健康・美容関連会社の販売促進部の部長だ。

ネットやBS系テレビでCMを流しているが、こと細かな説明ができるダイレクトメールや電話販売のほうが収益があがり、リピーターになる確率が高いという。

「アイスコーヒーを二つ」

愛美に言い、川上を連れて社長室に入った。大塚は帰っていなかった。

ポケットのサングラスをデスクの抽斗《ひきだし》に戻してパーカーを脱ぎ、ソファに座る。

川上が正面に座した。

「ご面倒をおかけして申し訳ありませんでした」

「男が、おなじことで何度も頭をさげるな」

詫《わ》びの言葉は帰りの車中で聞いた。駐車場での出来事は話さなかった。誰であれ、己の行動を知る者がいれば神経が消耗する。

「カネは受け取った。取引は継続するが、つぎに面倒をおこせばジ・エンドや」

「猫はカネがあるのにどうして支払いを先延ばそうとしたのでしょう」

「知るか。俺を試したんかもな」

「社長のなにを試すのです」

「どうでるか。それで器量の程が知れることもある」

「でも、猫は大阪の紹介でしょう。それなら……」

小泉は手のひらでさえぎった。

「おまえは大阪を口にするな。前にも言うたやろ」

「すみません」

川上の声がちいさくなった。

愛美が入ってきた。グラスを置き、トレイを脇にかかえる。

「社長、近い内にお時間をいただけませんか」

「どうした」

「ちょっと……」表情が沈んだ。「短い時間で結構です」

「わかった。あとで声をかける」

「ありがとうございます」

愛美が頭をさげ、背をむけた。

ドアが閉まるのを待って固定電話の子機を握った。

「小泉です。先ほどは留守にして申し訳ありません」

標準語で言った。相手次第で使い分け、関西訛《なまり》も消せる。

《いえいえ。お忙しそうでなによりです》

「どんなご用件でしょう」
《この夏に発売する新商品にむけての資料をお願いできないかと思いまして》
「新商品の標的は」
《三十代後半から四十代の女性です》
「お肌の曲がり角ですか」
《ボディーラインも気になる年代です》
「わかりました。ご用意させていただきます。で、ご希望の期限は」
《なるべく早く……御社の丁寧なお仕事ぶりは重々承知しておりますので急《せ》かせませんが……どうでしょう、二週間後あたりで》
「そのように手配します」
《助かります。こんど上京するさいはぜひお食事を》
「たのしみに待っています」
通話を切った。いつかわからない話に興味はない。横山の会社は富山にある。一年に数回上京しているようだが、五年のつき合いで誘われたのは三回だ。
アイスコーヒーを飲み、煙草を喫いつける。傍らの空気清浄機が動きだした。
「すべての情報元に連絡して、最新の情報提供をお願いしろ。どこも年度替りでデータを書き換えてるはずや」

ＴＭＲの情報元は豊富だ。最も顧客が多いとされるメガバンクと生保会社が持つ個人情報はもとより、医療機関にスーパーマーケットやドラッグストア、各種組合の名簿に至るまで、数多《あまた》の個人情報を入手している。

商品価値が高いのは健康関連商品や家庭用医療機器の訪問販売会社が持つ資料だ。業界内で〈カモリスト〉と称するそれには家族構成が詳細に載っており、顧客の性格や人脈が付記されている。宗教法人の資料も値打ちがある。お布施が最大の収入源となる宗教法人は信者の収入や資産を正確に把握しているからだ。

首都圏に五十以上存在するといわれる名簿屋の大半は無認可の、いわゆるブラック業者である。その多くは、振り込め詐欺、金融・不動産詐欺などの闇組織とつながるか、もしくは、その傘下に属している。

ＴＭＲは個人情報取扱事業者の認可を得ているけれど、表と裏の稼業を持つ、死の商人だ。基本的に誰にでも売る。ただし、入手した個人情報を右から左に流すようなまねはしない。入手元の痕跡を消し、資料は購入者の希望に沿うよう加工する。おかげで取引が絶えることはなく、しかも他社の数倍、商品によっては数十倍の値で売れる。

川上が頷《うなず》くのを見て、言葉をたした。

「今月はそれを最優先する」

「わかりました」

返事と同時に、着信音が鳴った。

小泉はデスクに移った。ガラパゴスケータイ、略称ガラケーが三つならんでいる。表稼業の取引先、裏稼業の連中、それとプライベート用だ。

川上に退室を命じ、プライベート用の携帯電話を手にした。

「ご無沙汰しています」

《元気そうやな》破声《われごえ》には力がある。《けど、無茶したらあかん》

「なんの話ですか」

《黒木《くろき》を痛めつけたらしいな。金光《かねみつ》の兄弟が連絡してきた。わいがおまえをあまやかしてるんやないかとも言われたわ》

新宿の猫が大阪に泣きを入れるのは想定内だった。黒木は金光組のフロントだ。金光組の組長は神戸の神俠会《しんきょうかい》の直系で、電話の主の竹内義輝《たけうちよしてる》の弟分にあたる。

竹内は近々にも若頭補佐に昇格すると目される本家幹部である。

若くして関西の建設業界を飯のタネにしていた竹内は小泉の父と親交があった。父の会社やその上の二次下請企業のトラブルは竹内が捌《さば》いていたという。

そういうことは父が殺されたあと、竹内から聞いた。知りたくもない話だったが、小泉も竹内の世話になっている。警察に身柄を押さえられたとき、身元を引き受けてくれたのは竹内の親族のお好み焼き屋の店主だった。名簿屋を始められたのは竹内の後ろ盾があったおかげだ。上京するさいも、竹内が根回しをしてくれた。
「警告ですわ」ぶっきらぼうに言った。説明するのは面倒だ。「あのおっさん、楽《らく》しすぎて弛《たる》んでるみたいです」
《なんとなくわかる。黒木はお調子者やさかいな。けど、兄弟の身内や。そこのところをわきまえてつき合わんかい》
「わかりました。けど、つぎになめたまねをさらしたら、切り捨てます」
《あいかわらずやのう。ところで、こっちに来る用はないんか》
「いい話でもあるんですか」
《北新地で酒を飲みながら、東京の話を聞かせてくれや》
「東京に出張るつもりですか」
《迷惑か》
「窮屈になりそうです」
本音だ。迷惑というわけではないが、そばにいられるのはうっとうしい。恩義はカネで返す。竹内組と竹内個人の義理掛けには相応のカネを包んできた。
《その心配はいらん。いまはむりするときやない》
「本家の人事がちらついてますのやな」
《そうよ。極道社会は代紋と格がすべて……わかっとるやろ》

「たのしみにしてますわ」

あかるく言った。愛想はタダだ。

★

★

きょうも塵の山だ。弁当やサンドイッチが売れ残っている。賞味期限の二時間前には陳列棚からバックヤードに移す。ロス廃棄物はリサイクル業者が回収にくる。

高島秀一《しゅういち》はため息を吐《つ》き、奥の扉を押した。

六平米ほどの事務所だ。二つの小デスク、ファイルを納めたスチール棚、店員が休憩時に使う円テーブルと丸椅子。カーテンで仕切られた更衣室にはロッカーがある。

缶コーヒーを手にデスクに座り、ディスプレイを見た。十六分割された防犯カメラの映像がある。店内に客は二人だ。視線をおとし、陳列台帳のファイルを開いた。台帳の書き込みはオーナーである父の仕事だが、きょうは熱をだして休んでいる。

発熱しても息子を怒鳴りつける元気はあった。

朝、でかけようとしたとき、父に声をかけられた。

「学校か」

「そう」

「五時から店に入ってくれ。熱があって、身体がだるい」

「かあさんに頼んでよ」

「約束があるそうだ。趙《ちょう》に残業するよう頼んだが、受講があるとことわられた」

中国人の趙は私立大学二部の学生だ。日本語は仕事に支障なくこなし、勤務態度もまじめなのだが、融通が利かない。故郷の長春《ちょうしゅん》で起業家になるのが夢だという。

「九時過ぎまでだ。夜勤の郭《かく》が早く出てくれる」

台湾人の郭は陽気な性格で、客受けもよく、父はかわいがっている。が、秀一はなんとなく好きになれない。食わず嫌いのようなものだ。

「俺の都合はどうなるの」

不満が声になった。

「多少のことは我慢しなさい。いずれはおまえの店になるんだ」

「要らないよ」

邪険に言った。

妹にもおなじ台詞《せりふ》を口にしているらしい。妹もオープン時から手伝っているが、一年後に大学受験を控え、回数が大幅に減った。

秀一も似た状況に置かれている。同級生は会社訪問に精をだしているが、秀一はまだ就職活動を始めていない。だめなら店がある。そう思っていた時期も確かにあった。

父がコンビニ店経営を始めたのはおととし二月だった。前年の暮れ、五十歳になった父は早期優遇退職者募集に応じ、二十七年間務めた出版社を退職した。その二年前に長く在籍した編集部から営業部へ異動になり、編集部への復帰が見込めないのが理由だった。母によれば、出版業界は凋落《ちょうらく》傾向に歯止めがかからず、勤務する出版社の業績が悪化していたことも退職を決断する要因になったという。

店の経営は順調だった。父も母も笑顔が絶えず、自分らの決断に満足していた。だが、順風満帆の日々は長く続かなかった。昨年末に同系列のフランチャイズ店、ことし二月にはライバル店が出現した。いまは半径二百メートルの中に八店舗がひしめいている。麴町四丁目とその界隈《かいわい》にはオフィスビルとマンションが混在しており、二十四時間、人がいる。コンビニ店経営には最適の地域なのだ。

店は徐々に顧客を減らし、常連客を見る回数もすくなくなった。

パソコンに数字を打ち込んで、顔をあげた。

コルクボードに目が止まった。伝達事項、伝言メッセージなどにまじって、A4サイズの用紙がピンで留めてある。来たときは気づかなかった。遅刻したので慌てていた。趙は交替時刻にうるさい。

大文字の『公開捜査』の下に、『この顔にピンときたら110番』とある。俯《うつむ》きかげんで歩く男の姿とアップの顔が写っている。

〈平成27年4月6日（月）午後10時40分ころ、麹町署が管轄する有楽町線麹町駅構内において、暴行傷害事件が発生しました〉

その下に被疑者の特徴、事件発生直後の着衣が記され、末尾に、麹町署刑事課の文字と電話番号があり、ネットの『公開捜査』に掲載中、と手書きされている。

コルクボードから手配書をはずした。

「お疲れさまでした」

アルバイトの宮里《みやざと》が入ってきて、張りのない声で言った。

秀一はパソコン下のデジタル表示を見た。20:53　2015/05/14。

「これは」

手配書をかざした。

「おまわりさんが来て、置いていきました」

「話したの」

「えっ」宮里の眉尻がさがった。「なにをですか」

「警察官とこれの話を」

「いいえ。夕方の忙しい時間だったので、挨拶しかしませんでした」

早口になった。面倒くさがっているのは表情でわかる。

「もういいよ」

宮里が更衣室に消えるや、秀一はパソコンのマウスをクリックした。

ツイッターに『公開捜査』のアカウントがあった。初めて見る。警視庁刑事部刑事総務課が作成していることも初めて知った。強盗殺人、強制わいせつ事件、特殊詐欺事件、タクシー強盗事件。画像や動画がついている。

画面をスクロールしてすぐ、手元の写真とおなじ顔があらわれた。

性別　男性
年齢　20歳代後半から30歳代くらい
身長　170～180センチメートルくらい
着衣　黒っぽいパーカー、ジーンズ、黒っぽいスニーカー

ざっと読んで、写真を見つめた。

「お先に」

宮里が声をかけて事務所を出る。入れ違いに台湾人の郭が入ってきた。

「おはようございます」

いつもながらの笑顔だ。つられて表情が弛《ゆる》んだ。

「早出させて悪いね」

「かまわないよ。どうせ、やることないから」

くだけた口調で言う。

郭が着替えたあと、更衣室に入った。黒ズボンをカーゴパンツに穿《は》き替え、ボタンダウンのシャツを着る。パソコンのディスプレイを営業用の画面に戻し、手配書をパンツのポケットに収めてから店を出た。

家に帰ってもすることがない。趣味といえるものもない。勉強はとっくに放棄した。小説が好きで文学部仏文科を専攻したのに、小説を読むこともなくなった。文芸担当編集者だった父の影響で、子どものころは小説を読んでいた。いまはそう思っている。

信号が青になり、歩きだしたとたんに、あっ、と声が洩れた。

前方からスーツ姿の男が近づいてくる。

秀一は路肩で足を止め、彼を待った。

「こんばんは」声が弾んだ。「きのうはありがとうございました」

「ん」

男が眉間に皺《しわ》を刻んだ。自分のことを忘れているようだ。背丈は自分とおなじ、一七五センチメートルほどだが、肩幅があり、身体は頑健そうに見える。

「万引の女を捕まえていただきました」

「おう。あの女、どうした。警察に渡したか」

「いいえ」

「弱みにつけ入ったか」男がにやりとした。「イケてる女やった」

秀一は思わず吹きだした。

「そんなことはしません。一応、オーナーの息子ですから」

「ほう」男の目がやさしくなった。「なんで警察を呼ばんかった」

「面倒くさいことは苦手なんです。警察もあまり好きになれなくて……さっきも警察に通報しませんでした」

「また万引か」

秀一は首をふってポケットの用紙をとりだし、写真を指さした。

「この男、店に来ます」

「常連か」

「ボクが見たのは三回くらいです。ラフな格好だったのは憶えているので、近くに住んでいるかもしれません」

「歳は」

「三十歳代かと……」

「おまえの歳や」

「二十一です」

「酒は飲めるか」

「はい」矢継ぎ早の質問にとまどいながらも会話に引き込まれた。「すこしは」

「つき合え」

男がくるりと背をむけ、横断歩道を渡る。

秀一はあとに続いた。変な人だ。が、なんだかうきうきした気分になった。

路地の雑居ビルに入り、階段で二階にあがる。

「小泉さん、いらっしゃい」

カウンターの中にいる女が言った。歳は五十ほどか。薄黄色のワンピースを着て、カウンター中央の二人連れの客の前に立っている。

「ママはいつ見てもきれいやね」

「あら」ママの目元が弛んだ。厚化粧が剝がれそうだ。「お世辞でもうれしいわ」

「お世辞に決まってるだろう」

先客のひとりが茶化した。

小泉と呼ばれた男がカウンターの端に座る。秀一もとなりに腰をおろした。

六十年配、白髪がめだつバーテンダーが近づき、おしぼりを差しだす。

「ウィスキーでいいか」

小泉に訊かれ、秀一は頷いた。

「水割りを二つ」

「かしこまりました」

バーテンダーが棚からボトルをだした。ラベルに〈響17年〉とある。値が高そうなのはわかった。コンビニ店にあるのは安値の銘柄ばかりだ。

小泉が煙草をくわえ、自分のライターで火をつける。ダンヒルの文字が見えた。

秀一は店内を眺めた。カウンターが八席、二人連れの客の背後に五、六人座れるシートがある。なんだか緊張する。学生仲間と行くのは居酒屋かカラオケボックスで、酒場と呼べる店で遊んだ経験はない。

ママが寄ってきた。

「わたしもいただいていいかしら」

「ああ。美人と飲めばなおさら酒が美味《うま》くなる」

秀一は目をぱちくりさせた。

それに気づいたのか、ママが秀一に話しかけた。

「若いのね。学生さん」

「ええ」

小声で言った。母より歳上のようだが、それでも緊張する。

ママが視線を戻した。

「身内の子なの」

「三分前に知り合《お》うた」

「ほんと」語尾がはねた。「じゃあ、この近くの人ね」

「客にはならんわ」

「学割にする」

「どうせなら、ツバメにしたらどうや」

「ツバメはいや。おカネがかかるもん」

「ほな、俺とデートしよう」

「いつ……お婆ちゃんになる前にして」

「ママは六十過ぎても、たぶん、きれいや。肌が瑞々《みずみず》しい」

言いながら、小泉はママの手をさすった。

「結婚相手を片っ端から殺した京都の悪女は六十八や。ママならその歳になるまでに五十人はらくに誑《たぶら》かせる」

秀一は、あっけにとられながら二人のやりとりを聞いていた。

急に外がにぎやかになり、ドアが開いた。

「ママ、わが社のマドンナを連れて来たよ」

先頭の男が言った。頭髪が後退している。上機嫌の顔だ。スーツ姿の中年男が三人、ロングヘアの女がひとり。女は三十前後か。芥子色のマキシスカートにオフホワイトのシャツ、ブラウン系のストールをやわらかく巻いている。まあまあの美貌だ。

ママがすばやくカウンターを出て、客にシートを勧める。

その光景を眺めたあと、秀一は視線を戻した。

「口がお上手ですね」

「それを言うなら達者や。口達者に褒め上手……どっちもカネはかからん」

「なるほど」思わず目を見開いた。「でも、嫌味にとられることもあるでしょう」

「褒められて怒るんは、よほどのブスか、性根のねじれた女や」

こんどは口をあんぐりとした。

小泉がバーテンダーに声をかける。

「ロックにしてくれ。おまえはどうする」

「おなじで」

オンザロックで飲んでみたくなるほど、水割りはうまかった。

左の肘を立て、小泉が頬杖をつく。やさしい表情になった。

秀一はすこしほっとした。

「M字カット、似合ってますね」

「なんや、それ」

「ヘアスタイル……矢沢永吉とおなじです」

「おまえの年ごろは、俺もリーゼントにしてた」

小泉が澄まして言い、煙草をふかした。

「さっきの話やが、手配書の男は店の客で間違いないんか」

「ええ。動画でも確認しました」

「警視庁が発信してる、あれか」

「そうです。画像と動画の二種類あって、動画で流れていました」

秀一は携帯電話を手にし、ディスプレイにふれた。

「見せんでええ」小泉がさえぎる。「どんな感じの男や」

「ふつうです。あぶない人には見えませんでした」

「連れと来たことは……最後に見たんはいつや」

「見たときはひとりでした。二週間くらい前が最後です」疑念がうかんだ。「本人は公開捜査されていることを知らないのでしょうか」

「さあな」

「知っていれば、キャップを被るとか、サングラスをかけるとか、するでしょう」

「鈍感なやつも、隙だらけのやつもおる」

秀一は首をひねった。小泉の胸中がわからない。自分のほうから手配書の話を持ちだしたのに、はぐらかすような口ぶりがひっかかった。

小泉がロックグラスをあおる。

秀一も飲んだ。咽に冷たい刺激が走る。鳩尾《みぞおち》が熱くなった。

「犯人に興味があるのですか」

「好奇心が旺盛なんや。で、こんど来たら、どうする」

「どうもしません。お客さんです」

「そうやな。ところで、コンビニってのは儲《もう》かるんか」

「うちは、いまきびしいです」

「てことは、いいときもあった」

「去年の暮れまでは堅調でした。でも、ことしは……近くに『スマイル』と業界大手の『ジョイ』が出店して、客を持っていかれました。『ジョイ』はともかく、系列店が……本部は何を考えているのか……すみません。愚痴になりました」

「かまわんさ。それに、ドミナント化のことならすこしはわかる」

秀一はきょとんとした。コンビニチェーンのドミナント化は世間に知れ渡っていないと思っていた。ある地域を系列店で占有する戦略をドミナント化という。

「俺は、マーケットの調査をしてる」

小泉が上着のポケットから名刺入れを取りだした。

渡された名刺には〈株式会社ＴＭＲ　代表取締役　小泉隼也〉とある。

「社長さんですか」

「社長と言われるのは苦手なんや。小泉でええ」

「わかりました。小泉さん、本部をぎゃふんと言わせる方法はありませんか」

「ない。契約書の内容が最優先されるからな。不満が溜《た》まってるのなら、ライバル店を燃やすか、店の商品に毒針でも刺したらどうや」

小泉がこともなげに言った。

背筋に冷たいものが走った。解けかけていた緊張が戻った。けれども、席を立とうとは思わない。いきなり大人の世界に引き込まれたような感覚はいまも続いている。小泉のあけすけなもの言いも、ママとのやりとりも、なぜか新鮮に聞こえた。

「しかし、このままではジリ貧になります」

「おまえの店やない」

「そうですが、店が潰れたら……」

「一蓮托生《いちれんたくしょう》か」強い声がした。「おやじが破産したら、おまえもお仕舞いか」

秀一はあわてて首をふった。

「でも、腹は立ちます」

「本部のやり方にか。それとも、腰が引けてるおやじにか」

「……」

返す言葉がでずに、目も口もまるくなった。胸中を見透かされている。

小泉が腕時計を見た。

「俺は出るが、飲みたきゃ残ってもかまへん」

「一緒に出ます」

あせった。ポケットには千円札一枚と小銭しかない。残っても飲み代を払わされるわけがないと思ったのは数秒あとのことだった。

翌日は、ドアをノックする音で目が覚めた。生返事をし、上半身を起こした。

父が入ってきた。

「なにをやってるんだ」

「はあ」

「きのうは酔っ払って帰ったそうだな」

「友だちと飲んだんだよ」つっけんどんに言った。「悪いの」

「開き直るな」

父の顔がひきつった。

秀一は下から睨《にら》みつける。

親との摩擦は避けてきた。ひとつ屋根の下に住んでいるのだから、親と衝突して気まずい思いを幾日も引きずりたくなかった。口下手なせいもある。母と口論しても、ほとんどは「わかったよ」と言って、その場を去るのが常だった。店が不調になってからはできるだけ親と顔を合わさないよう心がけてきた。

感情が波打った。ひさしぶりの快眠を妨げられたせいもある。

「なに怒ってるの。いつも言うこと聞いてるじゃないか」

「文句を言う前に起きろ」

父は椅子に座り、勉強机に用紙を置いた。

ようやく気づいた。父もパジャマを着ている。まだ熱があるのか。

秀一はベッドをぬけだした。午前八時を過ぎたところだ。

「こんな単純なミスをして」父が用紙を指さした。「さっき本部から連絡があった」

「どこ」

秀一は腰をかがめた。

「弁当の数が間違ってる。二箇所もだ」

在庫表にチェックがある。『ちょっと贅沢《ぜいたく》なお弁当』の在庫数に〈+1〉、『おかずたくさん弁当』に〈-1〉と記されている。商品を手にした客が元の位置に戻さないことはよくある。それを見おとしたようだ。

「イージーミスじゃないか」

「そんな言い方があるか」唾が飛んだ。「やる気があるのかないよ。そのひと言は堪《こら》えた。

「とうさんは本部から説教されたんだ。不平不満を言う前に、努力をしろと……こんなミスをするのは仕事に集中していないからだとも言われた」

「……」

秀一は口をつぐんだ。ものを言うだけ、父の怒りは増しそうな気がする。本部への不満の捌《は》け口にされるのは御免だ。

「聞いてるのか」

「聞いてるよ」

「オーナーの息子なのに賃金をもらい、勤務時間はおまえの都合に合わせてる。それなのにこの始末では店員に示しがつかないだろう」

「そんなに気に入らなきゃ、クビにすればいいじゃないか」

「なにっ」父が目くじらを立てた。顔が真っ赤になる。「もう一度、言ってみろ」

秀一はくるりと踵《きびす》を返した。

「待て。話は……」

あとの言葉はドアでふさいだ。

★　★

睨むように手元を見つめていた吉田《よしだ》が顔をあげた。

「いいね。じつによくできている」にわかに表情が弛んだ。「城西さんの紹介だから安心はしていたが、これほどの資料は見たことがない」

「恐れ入ります」

小泉はさらりと返した。初取引の相手からはおなじ言葉を幾度も聞いている。

吉田とは初対面だ。交換した名刺には〈民和党・衆議院議員　松崎祐一郎《まつざきゆういちろう》　私設秘書吉田博文《ひろふみ》〉とある。ずんぐりとした体軀《たいく》で、顔も鼻もおおきい。

「城西の豊川《とよかわ》さんとのつき合いは長いのかね」

「五年の縁です」

豊川光雄《みつお》は城西調査事務所の社長だ。十年前に事務所を設立する以前は吉田と同業だった。大阪府選出の衆議院議員の私設秘書を二十一年務めたあと、議員の引退を機に独立した。出身地でもある大阪に戻らなかったのは、秘書稼業で得た人脈と知識を活かした事業を始めたかったからだ。城西の主な取引先は政界関係者と企業で、彼らの依頼であれば、浮気調査から法に抵触するようなことまで、何でも請けるという。

城西調査事務所は役員四名と正社員が十三名、非正規社員五名のほか、非常勤の調査員が数名いる。個人経営が多い業界では規模がおおきいほうだ。

神侠会の竹内の紹介だった。竹内によれば、豊川には貸しがあるらしい。関西での汚れ仕事を引き受けていたのだ。その報酬は充分すぎるほど得たはずだが、極道者はそうした貸しを一生ものにする。

小泉も便乗した。入手した情報の補足調査で城西に頼った。

豊川に裏稼業を話したことはないけれど、聞かなくともわかるのだろう。TMRの業務内容を調査しなくても、竹内の紹介というだけで想像はつくものだ。

――たいしてカネにはならんが、つき合って損はない相手だ――

豊川に言われ、吉田の依頼を請けた。城西調査事務所への依頼だったが、その内容から判断してTMRに委ねたいと豊川が提案し、吉田が了解したという。

――直に手渡したほうがいい。段取りはわたしがつけてやる――

資料ができたことを報告したさい、豊川にそう言われた。

吉田が黒革のソファにもたれ、脚を組んだ。

千代田区永田町の衆議院第一議員会館にいる。各議員の事務所は、ドア寄りから秘書や事務員の執務室、応接室、議員執務室とあり、二〇一〇年に完成した新議員会館は旧会館の倍以上のひろさになった。

小泉の名刺を見ながら、吉田が口をひらいた。

「TMRの主たる業務は」

「名簿屋です。豊川さんからお聞きにならなかったのですか」

「あの方はよけいなことは言わない。わたしも訊かない。訊きたくても、先輩が推薦した人物のことを根掘り葉掘り訊《たず》ねては失礼になる」

豊川は六十九歳。吉田はひと回り下で、議員秘書歴は豊川の半分に満たない。

「ところで」吉田が声を低くした。「先般、年金機構から流出した個人情報だが、TMRも入手したのかね」

「あれは流出ではなく、盗まれたのです。それはともかく、あのデータはしばらく市場に出回らないでしょう」

「何故かね」

「年金機構のデータファイルにアクセスした者は、自分がデータを売るためではなく、闇組織に雇われて犯行に及んだと思われます」

「そうだとしても、闇組織はデータを売らなければ儲けにならないだろう」

「おっしゃるとおりです。が、販売先は限定されているでしょう」

「すでに取引は行なわれているということか」

「詐欺組織はもちろんのこと、一般の企業も咽から手が出るほどのデータです。高値をふっかけても買い手はごまんといますよ」

客観的な意見に留めた。情報は入ってくるが、それを教える義理はない。

「これは」吉田がテーブルの資料を指さした。「法にふれてないだろうね」

個人情報保護法をさしているのは確認するまでもない。同法には、本人の同意なくして個人情報を第三者に提供してはならない、という条項がある。

「わが社は流出した情報を買い取るだけで、盗みはしません。が、逆にお訊ねします。法を遵守して、名簿屋稼業が成り立つと思われますか」

「むりだね」あっさり言った。「民間企業ばかりか、行政機関からも大量の個人情報が流出している現況を鑑《かんが》みれば、法改正も困難といわざるをえない」

「この取引、中止にしますか」

「しない。わたしはこの資料に満足している」

吉田の依頼は、松崎議員の選挙区内に居住し、十二歳以下の子どもがいる世帯に関する情報であった。それだけなら、区役所の住民台帳を入手すれば要望に応えられる。幼稚園や小中学校の個人情報を加えれば依頼者をよろこばすことはできる。

ＴＭＲが売る資料はそんなものではない。例えば山田太郎なる人物のデータを作成する場合、彼の履歴と家族構成のほか、資産、収入、病歴から犯罪歴の有無も記載する。行政機関と金融機関、学校や警察などの公的機関から、病院、介護施設、さらには宗教法人やＮＰＯ法人等の民間団体に至るまで、大量の個人情報を保有しているからできることだ。資料作成に時間はかからない。それぞれのデータファイルで山田太郎を検索し、清水が作成したプログラムソフトに取り込めば済む。

「選挙用の資料ですか」

小泉は何食わぬ顔で訊いた。まともな返答は期待していない。話のついでだ。

「政治や経済に敏感なのは子育て世代だからね」

「若者はあてになりませんか」

「ならないね。生活感覚というのは所帯を持って初めて生まれる。学生や独身者をあてにして選挙を戦うほど愚かなことはない」

「お手伝いができて、なによりです」

「お手伝いとは言えんだろう」

吉田が目で笑った。

意味はわかる。相場よりかなり高額の報酬を揶揄《やゆ》したのだ。

「まあ、それだけの価値はある。つぎの機会も、よろしく頼む」

「その節も城西経由でお願いします」

「直取引はしないのか」

「城西とは友好な関係を保ちたいので」

選挙で敗れればタダの人と城西調査事務所を天秤《てんびん》にかけるつもりはない。

小泉は鞄《かばん》を手に立ちあがった。


西新橋、虎ノ門通り沿いのちいさな雑居ビルの階段を降りた。

「おこしやす」

女将の笑顔に迎えられた。京都の料理屋で生まれ育った女将は、結婚後に上京し、西新橋に割烹《かっぽう》『京の里』を構えた。開店から五十年を超えるという。

「座敷でお待ちです」

小泉は短い挨拶を交わしたのち、靴を脱いだ。大塚を連れている。

奥の座敷の上座に、城西調査事務所の豊川社長が胡坐をかいていた。

「お待たせしました」

「なんの」豊川が鷹揚《おうよう》に言う。「おう、大塚も一緒か」

大阪にいたころから、大塚は豊川にかわいがられていた。

「おひさしぶりです」

膝をつき、大塚が頭をさげた。

小泉は下座の奥に座し、大塚がとなりに正座する。

「楽にしなさい」豊川が大塚に声をかけた。「元気そうだな」

「おかげさんで……ようやく東京にも慣れてきました」

「それでも関西弁はぬけないのか」

「はい」大塚が頭をかく。「うちの社長のように、うまく使い分けできません」

「それはむりと言うものだ。小泉は天性の人たらしだから環境にもすぐなじむ」

女将が盆を運んできた。

「人たらして、わてのことですか」

「あたりまえだ」豊川が応じた。「そうでなければ五十年も続かん」

「おおきに」女将がおしぼりをさしだす。「お飲み物は」

豊川の手元には冷酒がある。

「菊正宗を常温で」

大塚が、おなじものを、と言う。

「はい。きょうは、ええ鱧《はも》が入ってます」

顔がほころんだ。電話で豊川に「七時に『京の里』」と言われ、鱧がうかんだ。稚鮎《ちあゆ》の天ぷらも食べたくなった。東京で最初に入った料理屋が『京の里』で、豊川に連れて行かれた。元々は豊川が仕えた議員が通っていたという。

「鱧おとしと稚鮎の天ぷらを……あとはまかせます」

「おおきに」

女将が去り、豊川が冷酒の小瓶を手にした。

「とりあえず」

小泉は手元の盃《さかずき》を持った。大塚も倣う。

「おまえが連絡をくれたあと、吉田さんから電話があった」

「心配されていたでしょう」

「はあ」豊川が間のぬけた声を発した。「心配になるようなことを言ったのか」

「質問に答えただけです」

言って、盃をあおった。

「なにを訊かれた」

「法にふれることはないかと……白々しい質問です」

「タヌキだからな。永田町に人間は住めん」

豊川がしゃあしゃあと言った。

「あの方の親分の将来はどうですか」

「つぎの内閣改造で何かの担当大臣になれるかも……が、そこまでだろう。松崎先生は器がちいさい。悪さをする度胸はないから、人望がない」

小泉は肩をすぼめた。一般人が聞けば、頭がこんがらがるだろう。

豊川が酒を飲み、言葉をたした。

「それでも、つき合って損はない。一応、政権与党の中堅議員だ」

「頭に入れておきます」

小泉はそつなく返した。人をあてにすれば、ばかを見る。ましてや、豊川の言を借りれば、松崎は人でなしの世界に生きているのだ。

「紹介料として報酬の二割を頂戴するが、それでいいか」

「折半にしてください」

「なぜだ。やつが気に食わなかったのか」

「好き嫌いで仕事はしません。筋目ですわ」

「いいだろう。くれるものはありがたくいただく」

小泉は小瓶を持ち、豊川に差しだした。

銚子《ちょうし》とお造りがきた。鱧おとしとウニ。鱧おとしは梅肉でひと切れ、あとは山葵《わさび》で食する。グジのしぐれ煮、茄子《なす》と身欠き鰊《にしん》の煮物、鱧の照焼きと続く。

食べているあいだ、会話は途絶えた。豊川はカネにも食にも貪欲だ。

器を空にし、小泉は手酌酒をやった。

「ところで、そろそろ返事を聞かせなさい」

豊川が真顔を見せた。

小泉は眉をひそめた。その話がでるとは思っていなかった。

「煙草、かまいませんか」

間を空けたかった。豊川は喫わないが、喫煙を咎《とが》められたことはない。豊川が頷くのを見て煙草をくわえ、ライターで火をつけた。

豊川が続ける。

「なにが不満なのだ。合併に応じれば、わたしは会長か顧問に身を退く。城西の創業者として相応の報酬はいただくが、経営や人事には口をはさまん」

「そういうことやおまへん」まるだしの関西弁になった。「自分はそんな器やない……それだけのことです」

城西調査事務所とTMRの合併は二か月ほど前に持ちかけられた。

――この秋、古稀を迎える。持病の具合もかんばしくない。どうだろう。右腕になってくれとは言わん。わたしのあとを継ぎ、城西を束ねてくれないか――

強気の豊川らしからぬ、しおらしいもの言いだった。持病の不整脈がひどくなったのかとも思ったけれど、それだけではないような気がした。

豊川の真意を測りかねた。唐突な提言にとまどいもあり、冷静な判断ができなかった。

半端な返答は礼を失する。

――真摯に受け止めますが、しばらくの猶予をください――

そう言ってからきょうまで返答の催促はなかった。

「本音を聞きたい」豊川の眼光が増した。「条件があるのなら言いなさい」

「条件など……逆に教えてください。どうして俺なんですか」

「わたしのまわりに適任者はおまえしかおらん。わたしには子がいない。城西には仕事のできるやつが揃っているが、その道のプロばかりだ。ほかの分野はからっきしで、人脈という点ではそこらの会社の営業マンにも劣るだろう」

小泉は無言で聞いた。

豊川夫婦に子がいないのは事実だが、そとに認知した息子がいる。三十歳で独身。彼の母は銀座の元ホステスだった。子が生まれたあと、豊川の援助を受けてバーを経営していたが、十年ほど前に豊川との縁が切れて故郷の香川に帰った。息子は東京に残った。三流の私立大学を卒業し、東証一部上場の広告代理店に入社した。豊川が当時の厚生労働大臣に便宜をはかってもらったとのうわさがある。

豊川に関する情報はふんだんに持っている。情報と知識は己にとっての保険だ。信頼という絆《きずな》で結ばれていようとも、それが永遠とはかぎらない。もののはずみということもある。絆が切れても捩《よじ》れても保険があればうろたえることはない。

豊川の不安は理解できる。

役員も社員も得意分野がある。各人が、警察、金融、不動産、建設、流通等に精通している。しかし、城西調査事務所の成功の礎は豊川の豊富な人脈に尽きる。

話を聞きながら、ことわる口実をさがした。

「そういうことなら、なおさら腰が退けます。とてもではないが、あなたの代わりは務まりません。俺は得体の知れん……くずです」

大阪でも名簿屋だった。が、正規の会社ではない、いわゆるブラックである。オフィスは数か月での移転をくり返し、そのたび社名を変更した。部下は大塚ひとり、電話番として女二人を雇っていた。仕事の中身を知らない、連絡係だった。人伝《ひとづて》やネットを利用して情報をかき集め、右から左に売り捌いた。販売先も選択しなかった。詐欺組織や通信・訪問販売業者、暴力団や政治家も相手にした。入手した情報を精査しないのだからトラブルが発生する。たいていは大塚と二人で対処してきたが、手に負えない場合は神俠会の竹内や関西秘書会の世話役だった豊川の力を借りた。

やっつけ稼業に嫌気がさし、狭い市場に限界を覚え、東京に転出したのだった。

「得体の知れてる男に魅力は感じないね」豊川が独り言のように言った。「まあ、きょうのところは諦める。が、翻意を期待する」

頭をさげたところに、稚鮎の天ぷらがきた。最後は鯖鮨《さばずし》でしめる。

「申し訳ありません」

豊川が乗ったタクシーを見送った。

「旭、予定はあるんか」

二人のときは大塚を名で呼ぶ。大阪時代からそうしている。

「ないです」

「つき合え」

小泉は、新橋にむかって歩きだした。風がでてきた。ひんやりしている。

大塚が肩をならべた。

「びっくりしました」

「合併の話か」大塚が頷くのを見て続けた。「腹の内が読めん」

「どういう意味ですの」

「おまえの前で話すことか」

「そら、そうですね。けど、自分には本気に見えました」

「本気やろ。が、俺はなびかん。ひも付き稼業は性に合わん」

「兄貴らしいです」

人前では社長、二人のときは兄貴と言う。大阪ではいつも兄貴だった。

大塚は養護施設で育った。いまも生みの親は知れない。東梅田の路地にうずくまる大塚に声をかけたのが縁の始まりだった。ぼったくりバーで酒を飲み、カネを払えず、チンピラ三人に袋叩きにされたという。大塚の拳も血にまみれていた。

腫れあがった瞼《まぶた》の下で瞳が光っていた。飢えたようなまなざしだった。

それが気になり、身元を調べた。三日後、大塚が働く建設現場に足を運んだ。

腕っ節と目つきだけで気に入ったわけではなかった。大塚は夜学に通い、通信教育も受けていた。当時二十歳。それから十年間、行動を共にしている。東京についてくるかと訊いたときは即答だった。

新橋赤レンガ通りにあるショットバーに入った。

折り戸パネルはフルオープンで、外から店内は丸見えになっている。六つの円形テーブルは満席、その半分は女たちが占有していた。

カウンターの端に座り、フォアローゼスのオンザロックを頼んだ。

「西村の件、調べたか」

契約社員の愛美から相談を受けたのはきのうのことだ。

一年前に別れた男がしつこく連絡をよこすようになった。相談した二日前は会社の近くで声をかけられ、あわてて逃げたらしい。

愛美によれば、この一週間のことだという。その男と別れたあとに携帯電話を買い替えて番号もメールアドレスも変更し、友人には誰にも教えないよう頼んでいたのに、どうしてわかったのかと気味悪がっていた。

小泉は、男が会社を知っていることのほうが気になった。愛美を雇ったのは昨年秋のことだ。愛美から男の素性を聞き、大塚に身辺調査を指示したのだった。

「ええ」大塚がセカンドバッグから手帳を取りだした。「本間《ほんま》強《つよし》、二十七歳。富山の高校を卒業して上京、親戚の紹介で勤めた割烹料理店を半年で辞め、以降は、飲食店を転々としたようです。西村とつき合っていた当時は、下北沢の居酒屋チェーン店で働き、店の近くのアパートに住んでいました」

「西村に確認したんか」

「きょうの昼に……世田谷代田《だいた》に住む友人に誘われて居酒屋に行き、おなじ富山の出身ということがきっかけで親しくなったそうです。けど、酒癖が悪く、愚痴や不満ばかり言うので愛想が尽きたとか」

「住所と職場、いまもおなじか」

「どっちも変わっていました。去年の暮れに居酒屋を辞め……店長と殴り合いの喧嘩《けんか》をしたそうで……区役所の台帳によれば、現住所は品川区西五反田二丁目のマンションです。けど、そのマンションには別の男も住んでいるようです。現在の仕事に関してはあすにでも……調査が遅れて、すみません」

「気にするな。急ぎ働きや。あとはプロに頼む」

「吉村《よしむら》さんですか」

「ああ」

小泉はグラスを空け、お替りを頼んだ。

吉村健生《たけお》は城西調査事務所の調査員で、前職は警察官だった。四十七歳、独身。本庁勤務の経験はなく、所轄署では生安部署が長かった。非常勤の調査員ということもあり、豊川社長の許可を得て、直《じか》に依頼している。仕事はできる。

「そんなに気になりますのか」

大塚がくだけ口調で言った。

「まあ、酔狂や。礼かな……西村がいれてくれるお茶は美味い」

とぼけた。弟みたいな大塚にも腹の内を隠すときがある。

二杯目のグラスをゆらし、煙草をくわえる。

「コンビニのほうはどうなりました」

話のついでのように、大塚が訊いた。麴町の『スマイル』のことは話してある。

「連絡がない。男があらわれんのか、俺と接触したくないんか……どうでもええ」

「あの男、自分が手配されているのを知らんのやと思います」

「なんで」

「兄貴に手配書をもろうたあと、動画を見たんです」

小泉は手を止めた。顔の前を紫煙が流れていく。手配書は高島がくれた。

「逃げるふうやなく、ホームで人を殴ったあとにしてはゆっくり歩いてましたわ」

「うつむくとか顔を隠すとか、そんな仕種もなかったんか」

「ええ」

小泉は首をまわした。

「どっちにしても、連絡次第や」

「気になるんなら、コンビニを見張りますか」

「いらん」

ぞんざいに言った。

あの夜のことも酔狂のようなものだ。コンビニ店オーナーの息子ということに気持が動いた。《急用で遅くなる》とのメールが届かなければ酒場に誘わなかった。

女の部屋で帰りを待つ。そんな習慣は身につけたくない。

グラスを傾け、煙草を灰皿に潰した。

「俺は帰る。おまえはどうする」

「せっかくの新橋やさかい、遊んで帰りますわ」

「キャバクラか」

「口説くのは面倒です。どこかでヌいてもらいます」

大塚がにんまりした。

小泉はポケットの万札を手にした。財布は仕事時しか使わない。

「どうせなら、ええ女とヤれ」

五万円を手渡した。大塚なら相応のファッションヘルスで使い切る。


エントランスのインターホンを押した。鍵を持たされているが、三岐子が部屋にいるとわかっているときは必ずそうする。己へのけじめだ。稼業以外はなりゆきまかせで生きている。だからこそ、けじめが必要になる。

《はーい》あかるい声がした。どなたとも訊かない。《上は開いてるよ》

ひと声も返さなかった。

部屋のドアを開けると、三和土《たたき》に三岐子が立っていた。

「いらっしゃい」

わざとらしく言い、くるりと背をむけた。

白地に黄色の花が咲くパジャマを着ている。シャワーを浴びたのだろう。肩にかけたバスタオルに濃茶色の髪がひろがっている。

リビングのソファに腰をおろした。テーブルに缶ビールと飲みかけのグラスがある。手を伸ばしかけて、やめた。バーボンのあとのビールはいただけない。

「水割り……いや、お茶をくれないか」

「食べるものは」

立ったままの三岐子が訊いた。

「済ませた」

言って、ノートパソコンにふれた。いつもテーブルの端に置いてある。大塚の言葉が鼓膜に残っている。起動し、『公開捜査』と打ち込んで、クリックした。

警視庁刑事部刑事総務課の公式アカウント、とある。事件の概要と動画があり、事件に関するリツイートも載っている。もう一度クリックして警視庁ホームページから『公開捜査』を開いた。こちらは冒頭に〈懸賞広告事件〉、以下はおなじだ。

小泉は、手配書の写真を思いうかべながらスクロールする。

三岐子がお茶を運んできてとなりに座り、ディスプレイを覗いた。

「なに、それ……皆、人相悪いね」

「事件の公開捜査や。笑顔のやつはおらんやろ」

「どの事件かに興味があるの」

「ひま潰しや」

「傷ついた。わたしといるのにひま潰しだなんて……」
三岐子が口をとがらせたとき、小泉の携帯電話が鳴った。憶えのない番号だ。
「はい、小泉」
《スマイルの高島です》
「こんな時間に、どうした」
まもなく日付が替わる。高島が小声なのも気になった。
《あの男が来ました》
「店におるんか」
《いいえ。あとを尾《つ》けて……店の近くのマンションに入りました》
「メールボックスを開けるところを見たか」
《いいえ》声音が高くなった。《こわいですよ。いまも足がふるえています》
「しばらく見張ってろ」
《店に戻らないと……こっちに来られるのですか》
「部下を行かせる」
《わかりました。なるべく早くお願いします》
マンションの場所を聞いて通話を切り、大塚の携帯電話を鳴らした。
「すっきりしたか」

《これからです。ガールズバーの巨乳に捉まりましてん》

あっけらかんと言う。

「遊びはそこまでや。ヌくのは今度にせえ」

《なにかおきたんですか》

大塚の声が強くなった。

小泉は、高島とのやりとりを話した。

《急行します》

通話が切れた。

「どういうこと」三岐子が怪訝《けげん》そうな顔をし、パソコンのディスプレイを指さした。「これと関係があるの。この中に知ってる人がいるの」

「わからん。いまのところ、人助けみたいなもんや」

「変な人」

三岐子がビールを飲む。

小泉はソファにもたれ、煙草をくわえた。

「どうするの」三岐子の目が誘っている。「このまま連絡を待つの」

「ほっとけん」

「あしたは午前中に会員説明会があるのよ」

「ほな、先に寝んかい」

三岐子の頰がふくらんだ。

「ケリがついたらベッドに行くさかい、裸で寝てろ」

「そうする」

にっこりし、三岐子が立ちあがった。

★　★

十五分ほど待ったところで、路上にタクシーが停まった。

三十歳前後とおぼしき男が出てきた。グレーのチノパンツに紺色のジャケット。袖は七分丈にまくり、黒のセカンドバッグを小脇に抱えている。

男は周囲を見渡したあと、近づいてきた。

「『スマイル』の人か」

雑なもの言いだ。

秀一は眉をひそめた。射るような目つきが気になる。

「はい。あなたは小泉さんの……」

「大塚や」ひと言でさえぎる。「どのマンションに入った」

「路地角から三つ目です」

斜め左の建物を指さした。

大塚が無言で歩きだす。秀一はあとに続いた。早く店に戻りたい。しかし、そう言わせない雰囲気が大塚にはある。

マンションの玄関まで行き、大塚がガラスの扉越しに覗いた。

「あかんな」

つぶやいて踵《きびす》を返し、マンション向かいのコインパーキングに移った。五台分のスペースがある。大塚が壁にもたれ、煙草に火をつける。

「なにが、だめなのですか」

秀一は遠慮ぎみに訊いた。

「おまえ、マンションに入ったか」

「いいえ」

「賢明や。エントランスには防犯カメラがある」

「いまはどこにでもあるでしょう。どうして賢明なのですか」

「男が手配中の犯人やとして、警察に逮捕されたら、あのマンションの防犯カメラの映像は解析される。映ってたら面倒やないか」

「あっ」

声が洩れ、目がおおきくなった。

警察の訊問を受ければ、勤務時間中に外出したのがばれる。そうでなくても、郭にどう言訳しようか思案していた。金曜の深夜は客が増える。父に告げ口されたら、また小言を聞くはめになる。

胸をなでおろす前に、大塚が口をひらいた。

「おまえが訊問されたら社長に累が及ぶ」

「ボクが小泉さんのことを喋《しゃべ》るとでも」

「誰かて、わが身がかわいい」

「みくびらないでください」

つい、むきになった。

大塚が目で笑う。

「おまえ、下の名は」

「しゅういち……優秀の秀に、一番……」

「ほな、ヒデと呼ぶわ。俺のことは旭さんでええ」

「どんな字ですか」

「小林旭の旭や」

「知りません」

「日活の大スターを知らんのかい」

「ええ。もしかして、そのスターも髪をリーゼントにしてるんですか」

大塚の身長は一七〇センチメートルくらい。四角い顔にはにきびの跡があり、目がおおきい。がっしりとした骨格で、胸は厚みがある。

「リーゼントやない。オールバックや」不機嫌そうに言った。「まあ、ええ。で、ヒデに訊きたいことがある」

大塚が携帯灰皿に煙草を潰した。

そのわずかな間に店のことを思いだした。

「そろそろ帰らないと……まずいです」

「ほな、歩きながらでええ」

秀一はほっとし、足を動かした。

「男はひとりやったか」

「はい」

「何を買《こ》うた」

「レジで対応したのはほかの子で……けど、おにぎりと惣菜を持っているところは見ました。何を買ったかは店に戻ればわかります」

「身形《ナリ》は」

「よく覚えていません。顔を見て事務所に入りましたから」

「防犯カメラのモニターを見るためか」

「上着を取るために……とっさに尾行しようと思いついて」

「ヒデは律儀な男や」

大塚の手が肩にのった。

「旭さんに会ったこと、小泉さんに報告したほうがいいですか」

「話したければそうせえ」

テレビで見る関西芸人の喋りとは違う。やくざかとも思うけれど、もの言いにぬくもりのようなものも感じる。それが第一印象を薄れさせた。

交差点が近づいた。横断歩道を渡った先に店がある。

大塚が立ち止まった。

「ヒデのケータイの番号は」

訊かれ、ためらいもなく教えた。大塚が携帯電話に打ち込み、発信する。秀一の携帯電話が鳴ると、大塚はオフにした。

「非常用や。俺から電話することはないやろ。ヒデは社長のダチやさかいな」

「ダチて……そんな」

声がうわずった。律儀と言われてから気分が昂《たか》ぶってきた。

「俺はマンションに戻る」

「徹夜で見張るんですか」

「そのことも、社長に話してええで」

大塚がにやりとし、来た道を大股で戻る。

その背を見送りながら、秀一は携帯電話を握った。


長方形のタブレットを手に陳列棚を見てまわる。端末は在庫表のようなもので、本部に追加注文することもできる。

郭は休憩をとらせている。店に帰ったとき、郭は何も訊かず、不満げな顔も見せなかった。それでさらに気がひけ、自腹でカップ麺とおにぎりを買い与えたのだった。

店員は午前八時から午後五時、午後五時から午後十時、午後十時から午前八時の三交替で、どの時間帯も最低二名は配置するという決まりがある。稼ぎ時の朝と昼、夕方には店員を増やし、その時間帯はオーナーが店を仕切る。人件費を抑えるために、オーナーには長く店にいるよう本部が指導しているせいもある。

首をかしげ、元の棚に戻った。チェックしたのか曖昧だった。

仕事に集中できていない。先刻の出来事が頭から離れないのだ。

大塚はあの男を見張って、どうするつもりなのだろう。監視は小泉の指示なのか。大塚と別れたあとにかけた電話では何も訊けなかった。小泉のもの言いはそっけなく、長話を拒むような声音だった。

そうされると、よけい気になる。否応なく想像がひろがった。

「お願いします」

女の声がした。

秀一はレジカウンターに行き、バーコードリーダを手に取った。

「あなたひとりなの」

女が訊いた。化粧した顔がほんのり赤い。黒のカクテルドレスの上に薄手のカーディガンを着ている。三十代半ばか。ひと目で水商売の女だとわかった。

「もうひとりいます」

女が視線を左右にやる。

「郭にご用ですか。呼びましょうか」

女が首をふり、ぎこちなく笑った。

秀一は手を動かした。和風パスタとヨーグルトをレジ袋に詰める。カードで精算しているところへ、郭が戻ってきた。

「お帰りなさい」

郭のひと言で、女の表情が弛んだ。

「ただいま」女が左手の紙袋を差しだした。「はい、これ。お客さんにもらったの。バラ寿司だから早く食べてね」

「いいんですか。ミキさんが……」

女が首をふる。さっきとは別の仕種に見えた。

「飲み過ぎて食べれないの」

郭がカウンターのレジ袋を見た。女がそれを手にする。

「これは朝食用よ」

言訳がましく聞こえた。が、郭はほほえんだ。

「わかりました。ありがとうございます」

郭が紙袋を受け取る。女が身体をゆらしながらドア口にむかった。

あまったるい匂いが残った。

郭に話しかけた。

「あの人、よく来るのか」

「ミキさん、銀座の人。ときどき、食べ物をくれる」

「そうか」

なんとなく納得した。

郭は週六回、深夜の時間帯に勤務している。本人の希望だ。店としてはありがたい。十三名を雇っているが、週六回以上の勤務は郭と趙の二人だけ、五名の日本人は週三日から五日、それも午前八時から午後十時までの時間帯である。

郭が入店して八か月になるのだから、顔なじみの客がいてあたりまえだ。それに、笑顔で、お帰りなさい、と言われたら、客はうれしいだろう。コンビニ店員はマニュアルどおりの接客作法を教え込まれる。そこに親しみは生まれない。

「遅番専門じゃ遊べないだろう」

やさしく言った。

「そんなことないよ。時間が逆なだけで、慣れてしまえば好きなことできる」

「どこに住んでるんだっけ」

そんなことさえ知らなかった。

「高田馬場のアパート。国の友だちと一緒に」

「彼女か」

「男だよ。友だちはバーガーショップで働いてるから、一人暮らしとおなじさ」

「家賃は幾ら」

「五万二千円。友だちとシェアだから、ネットカフェで寝るよりも安いね」

ネットカフェは割安クーポン券を使っても千円はかかる。『スマイル』の時給は千円。研修期間はすこしすくなく、深夜勤務は二十五パーセント増しになる。郭は一人暮らしもできる収入を得ているが、金銭感覚がしっかりしているのだろう。

「学校に通ってるんだよな」

「介護専門学校に週三日……台湾も年寄りが増えてる」

郭が悪戯っぽく笑った。

ずいぶん距離が縮まった気がする。

「それ」紙袋を指さした。「食べてこいよ」

「むり。おなか、いっぱい」

「なんか、悪いことしたな」

「そんなことない」郭が声を強めた。「よかったら半分食べて。先に」

おまえはやさしいな。

そのひと言はでなかった。


太陽がまぶしい。きょうも夏日になりそうだ。

秀一は、右手にある公園に足を踏み入れた。

新宿区四谷二丁目の自宅に帰る途中だ。自宅と店は徒歩二十分の距離にある。自宅から出勤するときは自転車に乗るが、きのうは大学へ行き、友人と居酒屋で飲食した。渋谷で遊ぶという連中と別れ、地下鉄を乗り継いで麹町にむかったのだった。

三月以降、週末夜の出勤回数が増えた。年末年始と春から初夏にかけて、コンビニ店は人手不足になる。その一時期はアルバイト希望者が極端に減る。

正規雇用の店員は四名いるが、彼らの公休日や、朝方や夕方の来客が増える時間帯は補充要員が必要になる。人手不足の時期にある上に、郭とおなじ勤務時間帯の呂《ろ》は金曜か土曜の公休をほしがる。希望を無視すれば辞めるだろう。コンビニ店で働く者は堪え性に欠ける。そこかしこにコンビニ店があるからだ。

木陰のベンチに腰をおろし、サンドイッチを頬張った。牛乳もある。

大塚に差し入れるつもりで買った。午前八時に入荷する商品のチェックを済ませ、店を出た。手配書の男が入ったマンションに行ったが、大塚の姿はなかった。

拍子抜けした。てっきり大塚が見張っているものと思い込んでいた。あの男がマンションから出てきたとも考えられるが、いずれにしても、店を出る前に大塚に電話すればよかったと後悔しても後の祭りだ。

《おまえには関係ないことだ。わけのわからない連中を相手にするな》

頭のどこかで声がした。

《おまえは何がしたいんだ》

別の声も聞こえた。

秀一は周囲を見渡した。

背をまるめた老人が煙草をふかしている。ほかに中年男がひとり。携帯電話をさわっている。平日の昼間は休憩する人でにぎわう公園も土日は静かだ。

肩に何かがおちてきた。緑色の毛虫。あわてて指先で弾き飛ばした。

立ちあがり、出口にむかう。地面を這う毛虫は避《よ》けて歩いた。


四谷見附を過ぎ、新宿通りを左に折れる。幅の狭い、曲がりくねった道を歩いた先に自宅がある。古い家屋が密集する住宅街だ。秀一の家は八十二平米の敷地に木造二階建ての家屋とちいさな庭、三菱パジェロが納まるカーポートがある。

父も母も趣味はウォーキングで、ひまを見つけては日帰り可能な山へ行く。

秀一は無趣味だ。中学は卓球部、高校はテニス部に入部したが、どちらも短期間で退部した。そりの合わないやつがいた。上級生が押しつける雑用が苦痛だった。

鍵を挿し、無言で玄関のドアを開ける。

ダイニングのほうから父の声がした。

「そんな一方的な……事前に連絡をいただいても……納得がいきません」

怒気をはらんでいた。相手の声は聞こえないから、電話で話しているのだろう。

足音を忍ばせた。ダイニングの脇に階段がある。秀一の部屋は二階だ。

階段をのぼりかけたとき、母があらわれた。

「ちょっと来なさい」

母の声も硬かった。顔は強張《こわば》っている。

「眠いんだけど」

面倒そうに言った。

「大変なことになったの」

「なに」

「おとうさんが話すから」母が腕を取った。「とにかく、来なさい」

やりとりしている間も父の声は聞こえていた。

ダイニングに入り、椅子に座った。

携帯電話を耳にあてたまま、父がとなりのリビングに移動する。

母がパーコレーターのコーヒーを淹れた。

「本部なの」小声で訊いた。「また文句を言ってきたの」

母が細い眉をひそめた。

秀一はおおげさに息を吐き、マグカップを手にした。コーヒーは苦かった。

ほどなくして、父が戻ってきた。携帯電話を畳むなり、口をひらいた。

「話にならん」

椅子を引き、腰をおろした。

母が秀一のとなりに座った。

「ほんとうのことだったのね」

「ああ」父が苦虫を噛み潰したような顔で答える。「冗談じゃない」

秀一は頬杖をつき、父の視線を避けた。

「あのビル、いつ完成するの」

母が訊いた。

「ことしの十一月……遅くても十二月にはオープンする予定らしい」

「規模は」

「検討中だと……そんなわけがない。あのビルが解体されたのはことしの初めなんだ。その時点で直営店をオープンすることは決まっていたんだろう」

ようやく理解できた。麴町四丁目の角地にオフィスビルが建設されている。

父が言葉をたした。

「本部がやらなければ、『ジョイ』が出店する……それでいいのかと威《おど》された」

「そんな……」

母が絶句し、目をまるくした。

秀一は頷いた。

麴町四丁目一帯のドミナント化は『スマイル』が先行し、有利な展開にある。業績を競い合う『ジョイ』がそれに楔《くさび》を打とうとするのは容易に推察できた。

「いやになってきた」母の声にため息がまじった。「いまでも四苦八苦なのに……あそこに直営店ができたら、万年赤字になるわ」

直営店とフランチャイズ店では内装や什器《じゅうき》の質が異なる。直営店は商品が充実しているばかりか、直営店しか陳列しない商品もある。徒歩一、二分の距離に直営店とフランチャイズ店があれば、誰でも直営店に行く。

「ねえ」母が前のめりになる。「ほかの系列店と共闘しましょう」

よくそんな勝手なことを言えるものだ。秀一は思った。

周辺に『スマイル』フランチャイズは五店舗ある。系列もライバル店だ。後発の二店舗がオープンしたときも、母は激怒していた。

「束になっても本部には敵《かな》わない」

「諦めてどうするの」声がとがった。「秀一、あなたも言いなさい」

「むりだよ。とうさんの言うとおり、これまでも本部は何ひとつ聞き容れなかった」

母の眦《まなじり》がつりあがった。普段は温厚だが、激高すると誰も止められなくなる。

「もういいわ。弁護士に相談する」

「やめなさい。これまでもフランチャイズのオーナーが民事訴訟をおこしたことがあるけれど、すべて本部が勝った。和解や調停になったことさえない」

「それでもいやよ。泣き寝入りなんて、絶対にしません」

母が立ちあがり、足音を響かせて去った。

秀一も腰をうかした。長居は無用だ。

「待て、話がある」

「なに」

「しばらくのあいだ、辛抱しなさい」

「えっ。なにを……」

「バイト料だ」

「冗談じゃない。勤務時間はまちまち、急に駆りだされることもしばしばで、おまけに深夜手当はもらってないんだよ」

「わが家の危機なんだ」

「それなら、ほかでバイトする」

「ばかを言うな。こんなときこそ一丸となって助け合うのが家族だろう」

「それはかあさんに言いなよ。夫婦からしてばらばらじゃないか」

楯突くように言った。感情が暴れだしている。

父の顔色が変わった。こめかみに青筋が立った。

「誰にものを言ってる」

父の腕が伸びる前に、椅子を蹴った。

階段を駆けあがって、ふりむく。父は追ってこなかった。

★　★

月曜の夕方、愛美らが退社するのと入れ違いに、大塚が戻ってきた。

社長室のソファで差し向かう。

おとといの午前八時過ぎ、大塚はマンションから出てきた男を尾行した。ジーンズに黒のTシャツ、ベージュのパーカー。ひと目で指名手配の男とわかったという。

男は日テレ通りを下り、JR市ケ谷駅に近い雑居ビル一階のシャッターを開けた。『すみれ』というラーメン店だった。大塚はならびにあるコーヒーショップのテラス席で監視を続けた。三十分ほど経って若者二人がその店に入るのを視認したあと、周辺で聞き込みを行ない、指名手配の男が『すみれ』の店主と判明した。

そこまでの報告は受けている。

――これからオフィスに行き、データで確認します。都内のラーメン業者の個人情報は揃っているので、店主の素性は知れます――

電話での報告のあと、そうつけ加えた。きょうの朝の電話では、データの個人情報のウラを取り、あらたな情報を集める、と言った。

　大塚がセカンドバッグから二つ折りのＡ４用紙を取りだした。

「木田《きだ》幸一郎《こういちろう》……樹木の木に、田んぼです。三年前の四月、二十八歳で『すみれ』を開業しました。いまとおなじ場所です」

「若いな」とっさに思ったことだ。「経験と、開店資金は」

「佐賀県武雄市の生まれ。十八歳で上京し、以降の四年間の行動は不明です。二十二歳のとき新宿歌舞伎町のラーメン店に勤め、『すみれ』を開業する三か月前まで働いていました。入店時の時給は八百五十円、退店前は千三百円だったそうです」

　頭で計算した。月の手取りは三十万円までだろう。

「麴町のマンションは賃貸か」

「ええ。『すみれ』を開業するひと月前に入居しています。六〇三号室。四十五平米、１ＬＤＫの家賃は共益費込みの十八万三千円です。ちなみに、『すみれ』は五十三平米。カウンター八席と、二人掛けテーブル席が三つの、こぢんまりした店です。きょうのランチ時に行きました。けっこう混んでましたわ」

「木田はずっと店におるんか」

「そのようです。でかけても、閉店の夜九時には店にいると聞きました」

　手配書の文言が気になった。

午後十時半過ぎ、木田は駅構内で傷害事件をおこしている。

疑念はすぐに解けた。東京メトロ有楽町線の麴町駅と市ケ谷駅は一区間、歩いても十数分の距離にある。が、店から自宅に帰るまではだらだらとした上り坂になる。仕事帰りに電車を利用したとしても頷ける。

別の疑念がうかび、それが声になる。

「店は濠《ほり》のどっち側や」

濠を境に、千代田区と新宿区にわかれる。市ケ谷駅側は麴町署、外堀通り側は牛込署の所管だ。事件の規模からして、手配書を配っているのは麴町署だけだろう。

「所在地は新宿区市谷八幡町です」

「それでも、客に通報される可能性はあるな」

「ないと思いますわ。店ではキャップを被り、黒縁メガネをかけていました」

「手配書が回っていることに気づいてるんかな」

「店の従業員は皆、キャップを被っています。やつは視力が弱く、仕事のときだけメガネをかけてるのかもしれません」

推測による発言は右から左に聞き流す。失敗の元だ。

話題を変えた。

「歌舞伎町のころはどこに住んでた」

「新大久保です。現地は確認できていません」

むりもない。大塚はひとりで動いている。

「ラーメン屋のほうはわかったか」

「賃貸契約の内容は……保証金七十万円、敷金五十六万円、賃料二十八万円。以前は喫茶店だったそうで、什器備品と内装にもカネがかかったと思われます」

「保証人は」

「父親ひとりです」

小泉は煙草で間を空けた。

大塚の表情がさえない。事実確認をおえていないのがもどかしいのだろう。

煙草をふかしてから、声をかける。

「マンションの入居費用と開店資金の出処を調べろ」

勘が言わせた。人が環境を変えるにはカネが要る。

「佐賀県の実家、空白の四年間、女の有無……ほかにもありますか」

「カネに絞れば人脈と博奕《ばくち》やな。あと、木田の評判も集めろ」

「わかりました」

大塚が用紙にペンを走らせる。

「待て」ひらめいた。「木田の身辺調査は吉村に頼む」

「大丈夫ですか」

大塚が不安そうに言った。吉村と警察の関係を危惧したのだ。

「吉村はカネにならんことはせん」

「別の案件は……うちの西村の件で動いてますのやろ」

「さっき、夜会えるかと連絡があった。やつは、仕事のめどがつけば遊びたがる。警察官時代のたかり癖がぬけんのや」

「仕事に手応えがあったということですね」

「ああ」

「自分はなにをしたらええのですか」

「木田を監視せえ」

ちいさく頷き、大塚は用紙をバッグに戻した。

「スマイルの小僧は、どうや」

「役に立つと思います」大塚が目元を弛めた。「兄貴に興味があるようですわ」

「そっちの穴はいらん」

そっけなく言った。大塚が高島の気をそそらせたのは容易に推察できる。

午後八時半、小泉は銀座二丁目の鰻《うなぎ》料理店『ひら井』に入った。

カウンターが六席、テーブル席が二つ。吉村は奥のテーブル席で壁にもたれ、煙草をふかしていた。ビアグラスはほとんど空だ。書き入れ時は過ぎたのか、吉村のほか、カウンターに男二人がならんでいるだけだった。

年に数回、足を運ぶ。タレは好みの味で、鰻の質がいい。

「生を」

女の店員に声をかけ、吉村の正面に座した。

「天然を食わせろ」

吉村の横柄なもの言いは慣れた。

短髪で顔も目もまるい。左耳は胼胝《たこ》でふさがりかけている。柔道四段の肩幅はがっしりしているが、近ごろは腹部が弛んできた。

「メタボが加速するぞ」

言って、黒板の品書を見た。天草産天然鰻、八五〇〇円とある。それだけの仕事をしたということなのだろう。情報が不満だったら酒場はなしだ。

「メゴチの造りとハマグリの酒蒸し、黄ニラのおひたしも頼む」

「クジラのベーコンもだ」吉村が言った。「キモと、最後に天然」

小泉はビールを飲んだあと煙草をくわえ、ダンヒルで火をつけた。

「あいかわらず、羽振りがよさそうだな」

「あんたのおかげや」

褒めるのは女だけではない。木に登る豚にもそうする。

「俺を専属にするか」

「そうしたいのは山々やけど、筋を違えれば稼業がおわる」

「おまえの御為倒《おためごか》しは耳心地がいい。ワルにも人徳があるというわけだ」

「そら、おおきに」ひと息空けた。「鰻の前に、報告を聞かせろ」

吉村が灰皿に煙草を潰し、テーブルに片肘をつく。

「本間が住んでる部屋の借主は長田利行《おさだとしゆき》。三十二歳の独身だが離婚歴がある。犯罪歴もある。道交法違反で四回切符を切られて運転免許は失効した。詐欺罪でも起訴され、二年の執行猶予……ことしの一月で弁当は切れた」

「なんの詐欺や」

「不動産詐欺……宅地造成の予定がない土地を売った。が、長田はパシリだ。銀行でカネを引き出す役目で、組織の実態どころか、幹部の名も顔も知らなかった」

「いまは何してる」

「人材派遣会社に勤めてる。インターネット上で登録会員を募集しているが、業務実態はない。警察はブラックとして注視している」

人材派遣会社を利用する者が増え続けている。人材派遣会社も雨後の筍《たけのこ》のように急増している。無認可の会社も多く、行政はその数を把握し切れていない。

企業説明会や登録会を開催する人材派遣会社は知名度や実績のあるごく一部で、面談や電話での応対もなく、ウェブサイトで登録契約を済ませる会社もすくなくない。

スキルチェックや面談を苦手とする者はそうした会社を利用する。

ブラックの人材派遣会社はそこにつけ入る。ウェブサイトの登録契約書に記入された個人情報は片っ端から売り飛ばす。闇組織と連携するブラックも多いという。

「ブラックと言うのやから、バックがおるんやな」

「東勇会《とうゆうかい》だ」

「知らんな」

「誠和会《せいわかい》の幹部の枝だ。五反田に事務所がある。構成員は六名と聞いた」

「幹部とは誰や」

「東勇会の井上《いのうえ》会長は児玉《こだま》組の若衆らしい」

小泉は眉をひそめた。

誠和会は関東最大の暴力団で、神戸の神俠会とは親戚関係にある。児玉組の児玉武士《たけし》は誠和会の副理事長だ。会長の舎弟だから跡目を継ぐことはないが、神俠会も一目置く実力者で、誠和会内では二番目に多い、二百余名の構成員がいる。

――けど、無茶したらあかん――

竹内の破声が鼓膜によみがえった。

小泉が上京するさい、竹内は誠和会に話を通したと聞いている。それなら挨拶に行くと言ったが、堅気が極道のまねをするなとたしなめられた。

「児玉組と縁があるのか」

吉村の声に視線を戻した。

「ない。関東のやくざ者とはつき合わん」

「関西への義理立てか」

吉村が目で笑った。城西調査事務所の豊川と自分の縁は知っている。そんな顔をしている。豊川と、神俠会の竹内の縁も知っているのだろう。

それでも結構だ。むしろ、言いつくろう手間が省けて助かる。

「TMRは関西のフロントなのか」

「まともな会社や。それくらいは調査済みやろ」

「まあな。が、あぶない橋も渡ってる」

「おい」顔を近づけた。「事情聴取かい。それとも、集《たか》りか」

吉村が目を見開き、だが、すぐ破顔した。

そこへ丸皿がきた。

吉村が箸を持つ。ひと掻《か》きで、メゴチの薄造りが半分消えた。

小泉は三切れほどつまんで、箸を置いた。クジラのベーコンは吉村にまかせる。

「話を戻す。本間は居候か」

「そのようだ。住民登録したのはその必要があったからだろう。休業手当とか生活保護とか就職活動とか……いろいろある」

「本間は長田の仕事を手伝ってるんか」

「それはどうかわからんが、部屋にいることが多いようだ」

「いつから住みついた」

「住民票を移したのは二月の半ばだった。その二週間前、居酒屋をクビになった。従業員の話では、客に文句を言われ、口論になったらしい」

「そういうやつなんか」

「短気で堪え性がない。反面、ふだんは人にやさしい……居酒屋の店長の証言だ」

小泉は頷いた。愛美の話と齟齬《そご》はない。

吉村がハマグリを手で摑み、身を吸い取る。

小泉はレンゲで汁をすくった。ほっとする味と香りだ。

「どうする。大崎署ならなんとかなるが」

本間に事情聴取をかけるかと訊いている。西五反田は大崎署の所管内だ。吉村には事情を話してある。

「警察はうっとうしい。その割に動かん」

「まったくだ。とくに、ストーカーには手ぬるい」

吉村が他所事《よそごと》のように言い、手を動かす。

小泉は日本酒を頼んだ。胃はキモと鰻重を待っている。

「俺の仕事はおしまいか」

「とりあえず」

言って、封筒をテーブルに置いた。五万円入っている。

中身を確認せずに、吉村が上着の内ポケットに仕舞う。

「面倒になりそうなら、骨を折ってもらう」

面倒を避けたい気分になっている。本間はどうやって愛美の勤務先を知ったのか。その疑念は依然としてあるが、愛美が直接的な被害を受けたわけではない。

吉村が鰻のキモに粉山椒《こさんしょう》をふりかける。むしゃむしゃと音を立てた。

「別件で頼みがある」

「ん」吉村の眉尻がたれた。「うれしいね」

小泉は別の封筒をテーブルに置いた。

吉村が中の用紙を取りだした。

「なんだ、これは」

たった一行、〈平成27年4月6日、有楽町麹町駅構内での傷害事件〉と書いてある。

「その事件の詳細を知りたい」

「どうして……」

吉村が声を切った。愚問と悟ったようだ。

「どれくらいかかる」

「電話一本だ」

「あした、事務所に来れるか」

「悪酔いしなけりゃ昼過ぎ……一時でどうだ」

ご馳走のあとはホステス付きの酒をねだる魂胆なのだ。

店員が鰻重を運んできた。

「待ってる」

あっさり返し、小泉は箸を手にした。

冬に溜めた脂がおちる五月の天然鰻はすこぶる美味い。

疲れた。酒場ではひとりで遊ぶにかぎる。

麻のジャケットを脱いでソファに掛け、ＣＤプレイヤーのリモコンを手にした。

虎ノ門の、急勾配の坂をのぼったところのマンションに住んでいる。一三〇七号室は1

LDK、家賃は二十七万円。二十四平米のリビングは殺風景だ。向き合う位置にコーナーソファと一〇〇インチのテレビ、ベランダのそばにリクライニングの籐椅子《とういす》、オフホワイトの壁に掛かるものはない。隣室もセミダブルのベッドだけある。

曲が流れだした。アルトの声音が心地よい。ナイジェリア生まれのシャーディー・アデュ。イギリスのバンド『SADE』の女性ボーカリストだ。余分な音を排除した、颯声《さっせい》のごときサウンドは飽きることがない。

着替えるのも億劫《おっくう》だ。キッチンへ行き、アイスペールとタンブラーを用意し、ソファに腰をおろした。スコッチとバーボンのボトルはサイドテーブルに立ててある。

バカラのタンブラーに氷を入れ、フォアローゼスのプラチナボトルを傾ける。

ひと口飲んで、ため息を吐いた。

逆風が吹きかけている。

そんな予感がある。悪い予感はよく中《あた》る。よけいなことに手をだしたか。己の勘やひらめきを怨みたくなることもある。

とりつきは麴町のコンビニ店で万引現場を目撃したことだ。新宿の猫、振り込め詐欺組織を束ねる黒木を痛めつけたのはみせしめだった。隙を見せればつけ入られる。義理に遠慮すれば舐められる。神俠会の竹内の苦言は想定内だった。

ばったり出くわした高島秀一を酒場に誘ったのはひま潰しのようなもので、暴行傷害犯の件は秀一から話しかけられた。あとは成り行きだった。西村愛美の相談も些細な疑念がめばえなければ、もっと雑な手を打っていた。男があらわれれば自分が行くか、大塚をむかわせ、恫喝《どうかつ》すれば済むことだった。

ものついでのように、調査員の吉村を雇うはめになった。

この先、どうなることか。どれも結末が見えない。

とりとめのないことを思うあいだ、サウンドは消えていた。

悪い予感は、だかしかし、一連の動きを中断するまでには至らない。

グラスを空け、バーボンを注いだところに、携帯電話が鳴った。三岐子だ。

《どこなの》

「部屋や。どうした」

《声、聞きたくなった》

二人でいるときのあまえた声音ではない。

「面倒をかかえたんか」

《どうしてそうなるの。隼ちゃんのお仕事とは違うのよ》

「けど、仕事がらみやろ」

《わかるの》

「自分で仕事と言うた」

《そっか》声があかるくなった。《そういうふうに読むのね。勉強になった》

「くだらん」

ふくみ笑う声がした。

「元気になったんなら切るで」

《ねえ、聞いてくれる。心配事をひとりでかかえるの、苦手なの》

「オフィスに相談相手はおらんのか」

《いないこともないけど……いまの時点で相談することでもないわ》わずかばかり間が空いた。《都庁の生活文化局の職員がオフィスを訪ねてきたの》

東京都の場合、NPO法人の設立申請受理および認証は生活文化局都民生活部地域活動推進課が行なう。審査はぬるく、認証後の活動実態の把握には積極的ではないという。問題がおこれば警視庁が対応するという意識があるからだろう。

「疑われてるんか」

《そこまでは……でも、会員の個人情報の保管状況と、コンピュータのセキュリティに関する質問がほとんどだった》

「理由を訊いたか」

《ええ。先方は、個人情報の流出を心配する、問い合わせの電話が増えていると》

「それを真に受けてない」

《鋭いのね。つき合いのあるほかのＮＰＯの人に訊いたら、来てないって》
「つまり、ＨＷＹＧを名指しての問い合わせやと思うてるんやな」
《そう》
「会員からの、直接の問い合わせはどうや」
《それは以前からあるわ。講習会とかで質問されることもある。でも、どこのＮＰＯもおなじよ。教育関連会社の個人情報流出事件以降、増えてきたわ》
一年前の事件だ。内部調査により、データベースから顧客情報が外部に持ちだされた事実が判明した。流出した個人情報は数万件に及んだという。
「他言するな」
《えっ》
「よそのＮＰＯに話すな。疵《きず》を見せればつけ込まれる」
息をぬく音が聞こえた。
「うちの商品はオリジナルや。情報の入手元がわからんよう加工してある」
《わかってる》
「都の職員に対応したんはおまえひとりか」
《ええ。でも、事務長には話した。彼女、データベースの管理責任者だから》
「信頼してるんか」

《二人三脚よ》

「ほな、安心や。切るで」

声はなかった。が、小泉は通話を切った。

三岐子の声が鼓膜によみがえる。

――心配事をひとりでかかえるの、苦手なの――

自分とつき合うまでは誰かに相談していたわけだ。その相手がいなくなったとは思えない。ＨＷＹＧの副代表も事務長も設立時からの仲間である。とくに、事務長の内田《うちだ》奈緒《なお》は大学の同級生で、信頼関係が強いと、調査報告書に記してあった。

しかし、暗に自分が咎められたとは思わない。三岐子の心配は自分にむけてのものだろう。その推察は確信に近いけれど、そっちのほうがわずらわしい。

やはり逆風か。

小泉はソファに寝転んだ。

空間にひろがるサウンドを、ベランダからの風がゆらした。

翌日の午後一時、吉村がＴＭＲのオフィスを訪ねてきた。

顔がむくんで見えるのは深酒がすぎたせいだろう。とにかくよく飲み、よく喋る。ただし、そばに女がいればの話だ。きのう、吉村の戯言《たわごと》は呂律《ろれつ》が回らなくなるまで続いた。

吉村が愛美に声をかける。

「コーラはあるかな」

「はい」

「瓶ごと頼む」

「すみません。用意しているのはペットボトルです」

「残念……コーラもラムネもがぶ飲みするほうが美味い」

「では、ほかのものになさいますか」

「なさいません。グラスで結構だ」

小泉は苦笑した。気分はまだ酒場にいるようだ。

愛美が去るや、吉村が顎をしゃくった。

「あの子か。本間にまとわりつかれてるのは」

「その話はもうええ」

「手を打ったのか」

「よけいな詮索すな」

目と声で凄んだ。

コーラが来た。小泉の前には冷たいハーブティーが置かれた。

吉村が咽を鳴らし、おくびを放った。

「麹町の件はわかったか」

「ああ」吉村がグッチのセカンドバッグを膝に載せ、手帳を取りだした。「事件は目撃者の一一〇番通報で発覚した。そうでなけりゃ、事件にならなかったかもしれん」

口頭で報告するのはリスクを避けるためだ。書面に記し、それが外部に洩れれば吉村ばかりか、警察内部の情報提供者も罰せられる。

「どういうことや。行きずりの喧嘩か」

「被害者は、わけもわからず、いきなり殴られたと供述してるが、通報者は、怒鳴り合う声がしてそっちを見たら、被害者が殴られるところだったと……一発で被害者は仰向きに倒れた。後頭部および左肩の打撲で全治一週間だ」

「一発でおわりか」

「ああ。木田は周囲を気にするふうもなく立ち去った……目撃者はそう証言した」

「喧嘩とも言えんな」

「まったく。被害者の名を知りたいか」

「いらん。警察の動きを教えろ」

「まじめにやってるみたいだ。麹町署は格上の所轄署で、警視庁管内の模範署とされている。そんな事件は日常茶飯事の新宿署や渋谷署ならなおざりにしてる。『公開捜査』どころか、手配書も作成しなかったと思う」

「捜査は進捗してるんか」

吉村が首をふった。

「まじめにやってるとはいえ、熱は入らん。迷惑な事件だ」

「ふーん」

小泉は思慮をめぐらせた。先ほど、監視を開始した、と大塚から報告があった。どこまで話し、どの部分を手伝わせるか。迷いはすぐに消えた。

「手配書の写真とそっくりの男を知ってる」

そう切り出し、大塚が監視中だと教えた。きっかけとなった高島秀一との出会いと経緯は略し、傷害事件の容疑者、木田幸一郎が麴町の『スマイル』を利用していることも伏せた。木田の経歴も同様である。

話している内に、吉村の眼光が増した。さぐるような目つきだった。

「木田の経歴を調べてくれ」

「それくらいはここでやれるだろう」

「警察情報には及ばん」

吉村が眉根を寄せたあと、おもむろに口をひらいた。

「木田をどうする気だ」

「どうするかな」

「監視を始めて何日になる」

「きょうが初日や」

「なにかあったんだな」声が鋭くなった。「木田の周辺で興味を増すことがおきた。で、俺に声をかけた……違うか」

「邪推や。あんたには別件を頼んでた」

「あんたならどうしのぎに結びつける。警察に売って、貸しを作るか」

「ふん」吉村が鼻を鳴らした。「まあいい。カネになるなら何でもやる」

「いまさら……」投げつけるように言った。警察人脈とのパイプは強固なのだ。「毎月五万か……三万円でもいい。細く、長く。チンケな罪状はそれにつきる」

警察官の中には微罪を小遣いのタネにする輩もいるという。

吉村がコーラを飲み干し、小泉に煙草をねだった。口をまるめて紫煙を吐く。

「俺への依頼は木田の経歴だけか」

「ついでに、ケータイの通話記録も頼む」

ついでではない。最もほしい情報だ。通話記録でおおよその人脈はわかる。

「やけに熱心だな」

「性分よ」

「何が気になる」

瞬時にためらいを捨てた。

「木田は二十八歳でラーメン屋を始めた。それ以前はほかのラーメン屋で働いてた」

「開店資金の出処か」

「開店する前、麴町のマンションに入居した。家賃は十八万三千円や」

「なるほどな」吉村が納得の顔を見せた。「展開次第で報酬のアップを……」

「情報を集めてから言わんかい」

「そのときは、きのうのクラブに連れて行け」

吉村がにやりとし、すぐ真顔に戻した。

「ところで、城西の社長と会ってるのか」

「ここのところ、ご無沙汰や」嘘《うそ》をついた。「城西に気になることでもあるんか」

「そういうわけではないが」

吉村が曖昧に言った。

小泉は口をつぐんだ。自分から訊けば、逆に腹をさぐられる。

すべては臨機応変だ。座右の銘を訊ねられればそう答える。

「四、五日くれ」

吉村が腰をあげた。

小泉は座ったまま見送った。

★　★

秀一は、あくびを嚙み殺した。停止した車に乗って二時間になる。

運転席の大塚が話しかけた。

「日当はなんぼや」

「一日一万円、プラス手当と聞きました」

「時間を潰すだけで一万円……ありがたいのう」

皮肉を言われているような気がした。

きょうの正午過ぎ、四谷見附の交差点まで迎えに来た大塚の車に乗って外堀通りを市谷にむかった。大塚は信号の手前で車を停め、左前方を指さした。

「あのラーメン屋の主や。やつが出てきたら俺のケータイを鳴らせ」

大塚がシートベルトをはずした。

秀一はあわてた。

「車はこのままですか」

「ああ。心配すな。俺は近くにおる」

「路上駐車を注意されたらどうするのですか」

「おまえ、免許あるんやろ」

「持ってますが、ペーパードライバーです」

「よう試験に通ったな」大塚があきれたように言う。「助手席でも人が乗ってりゃ、駐車監視員はなにも言わん」

秀一が首をすくめるより先に、運転席のドアが開いた。

コーヒーショップの紙袋を手に、大塚が戻ってきたのは十分前のことだ。

秀一は大塚に顔をむけた。ひとりでいるあいだ、いろんなことがうかんだ。

――バイトしないか。とりあえず、十日間や――

きのうの夜、小泉から電話がかかってきて、いきなりそう言われた。

――どんなバイトですか――

――おまえが見つけた手配書の男の監視……と言うても、大塚の助手や――

おまえが見つけた、と強調されたような気がした。それでも引き受けた。小泉も手配書の男も気になっていた。父への反発もある。不条理な理由でタダ働きさせられるのは納得がいかない。大塚の助手と言われ、気分が楽になったせいもある。

「名前もわかったのですか」

「木田や」大塚が煙草に火をつけ、ウインドーをおろした。「それ以外のことは知らんほうがええ。ヒデが知っても意味がない」

「そうかもしれませんが……監視をして、どうするのですか」

「さあな」

つれないもの言いだった。役立たずの小僧扱いされているようで癪《しゃく》にさわった。小泉に声をかけられたのだ。大塚の誘いならことわっていた。

「小泉さんに聞いてないのですか」

「ああ。社長の指示に従う。それが俺の仕事や」

「小泉さんとは長いのですか」

「大阪のころから世話になってる。恩人や」

「いつ東京に来られたのですか」

「ん」大塚が眉根を寄せた。「社長に興味があるんか」

「一応……雇い主ですから」

「ほな、社長に訊かんかい」

どこまでもそっけない。

「あのラーメン屋は何時まで営業してるのですか」

「九時閉店や。木田は十時前後に店を出る」

「監視、きょうが初めてじゃないみたいですね」

「おい」声が凄んだ。が、目は怒っていない。「よう喋るのう。くだらんことを」

「くだらなくないです」声が強くなった。「監視の相手は警察に追われているのですよ。おカネをもらう以上、それなりの仕事をしないと……」

「わかったわい。俺はやつのあとを尾けた。ヒデに会《お》うたつぎの日の朝に……やつはラーメン店に入った。それで、ええか」

秀一は笑顔で頷いた。大塚の性格の根っこをちらっと見たような気がした。

「夜の十時ごろまでこの車で待機するのですね」

「待機やない。やつが店を出たら、尾行する」

「どうして……」

やはり解せない。監視し、尾行して、木田をどうしようというのか。威して何かを得るのなら、回りくどいことをせずともほかに手段があるように思う。

大塚が紫煙を吐き、煙草を灰皿に潰した。

「なんべんも言わせるな。社長に殺《ヤ》れと言われりゃ殺る。それだけのことや」

にべもなく言った。冗談には聞こえなかった。

大塚が続ける。

「きょうは楽させたるけど、あすから車は使わん」

「何故ですか」

「車での監視は緊急事態に対応できん」

なんとなくわかった。狭い路地には入れない。相手が電車を利用することもある。

「きょうは緊急事態にならないのですか」

「知るか。営業中に木田があらわれたら、俺が尾行する。ヒデは車を運転して、やつのマンションにむかえ」

「それからどうするのですか」

「むかいの駐車場で待機や」

「運転、自信がありません」

「うるさい。車をぶつけたら、おまえもボコボコにしたる」

「徐行運転します」

「鈍《のろ》い車ほど事故をおこすんや」

いつ拳が飛んでくるか、ひやひやしながらも、なんだかたのしくなってきた。

「木田は指名手配されているのを知らないようですね」

「なんで」

「手配書にもネットの『公開捜査』にも顔がでてるのに、仕事してます」

「ほう」大塚の目が笑った。「すこしは知恵がまわるやないか」

「褒められているような気がしません」

「俺は褒めてへん」

秀一はポケットに手を入れた。携帯電話が鳴っている。

「音は消さんかい」

大塚の叱声は無視し、助手席のドアを開けた。父からだ。

路上に立ち、携帯電話を耳にあてる。

「なに」

《五時に入ってくれ。ひとり、欠勤になった》

「むり。就職活動の説明会があるんだ」

《何時におわる》

「わからない」

《おわり次第、店に来い》

「そんな言い方は……奴隷じゃないんだ」

《なんだと》声がふるえた。《親にむかって言うことか》

「とにかく、むり。しばらく俺をあてにしないで」

携帯電話を耳から話した。怒声が聞こえる。

通話を切り、車に戻った。

「おやじからでした」

「訊いてへん」

思わず頬が弛んだ。電話での不快さがすっと消えた。

「なんや」

「旭さんの喋り方、小泉さんに似てますね」

「あかんのかい」

あいかわらず、乱暴なもの言いをする。

それなのに、秀一は、距離が縮まったように感じた。


翌日の昼下がり、木田が店から出てきた。黒のTシャツにジーンズ。左手にグレーの服を提げ、路肩に寄る。右手をあげた。

大塚もタクシーを停めた。この時間帯の外堀通りは頻繁に空車が走っている。

「前のタクシーを尾けてくれ」

大塚が運転手に告げた。

木田は急いでいるようですね。言いかけて、やめた。大塚の横顔は豹変《ひょうへん》している。目つきが鋭くなり、口元が締まった。

前方のタクシーは飯田橋方面へむかっている。

四つ目の信号の手前で降車した。神楽坂下とある。

木田が横断歩道を渡り、正面右手の階段を降りる。水上レストランだ。トレイにドリンクを載せ、奥へむかう。濠岸に栈橋を渡してある。それを見届け、大塚がボックス内の店員に声をかける。

「コーラ、二つ」ふりむいた。「俺は先に行く」

大塚は栈橋のなかほど、二人掛けのテーブル席で携帯電話をさわっていた。秀一は先端のほうを見た。デッキ側の席で、木田は背を見せ、スーツにノーネクタイの男と向き合っていた。

秀一は椅子に座り、大塚に話しかけた。

「離れてますね」

十メートル以上の距離がある。

「近づけん。まわりに人がおらん」

忌々しそうに言った。話しながらも、大塚は携帯電話から目を離さない。写真を撮っているのだ。ズーム機能を使えばスーツの男の顔をアップで撮れるだろう。

「ふりむくな」

秀一は動きを止めた。

「相手は何者でしょうね」

「知るか」

「雰囲気は」

「うるさい。黙っとれ」

低く言い、大塚が煙草をくわえる。しきりに紫煙を吐きだした。

息が詰まりそうだ。コーラを飲み、肩を上下させた。

目の端で何かが動いた。デッキから水面を覗いた。十数匹の真鯉《まごい》が群れ、水面に頭を突きだしている。二つとなりの席で、二人の中年女がパン屑《くず》を放っている。

秀一は視線を逸らした。見たくもない。

「ヒデは木田を追え」大塚が言った。「俺は、相手の男を尾ける」

「一緒に出るかもしれませんよ」

「それはない。やつは店に戻る。たぶん、急に呼びだされたんや」

思わずにんまりした。おなじ読みだ。

大塚が携帯電話に指を這わせる。今度はメールのようだ。小泉への報告か。そう思っても訊けない。大塚の表情は険しいままである。

秀一は、濠の向こう岸に視線をやった。土手の上をオレンジラインの電車が走る。ひどくのんびりした風景に見えた。

十五分ほど過ぎたか。

「木田が来る。ひとりや」

大塚がつぶやくように言った。

背中に緊張が走った。顔を覚えられていたらどうしよう。不安が襲ってきた。

かたわらを木田が通り過ぎる。

「行け。距離を空けてもかまわん」

秀一は、おおきく息を吐いてから立ちあがった。

鼓動が速くなった。階段をのぼるときは背がまるくなっていた。

★　★

愛美が社長室に入ってきた。顔が強張っている。

「なにがあった」

小泉はデスクに座ったまま訊いた。

——こまりました。どうしましょう——

内線電話でそう言われたばかりだ。

愛美がデスクの前に立った。

「下にいるみたいです」

言って、愛美が携帯電話を差しだした。

《ランチしよう。玄関で待ってる》

メールの文言だ。

「本間で間違いないか」

愛美が頷く。小泉は腕時計を見た。午前十一時二十分を過ぎたところだ。

「下に行きなさい」

「えっ」愛美が目を見開いた。「わたし、会いたくないです」

「いいから、そうするんだ。心配いらん。俺がうしろについてる」

「つきまとうのをやめるよう話していただけるのですか」

「それが希望なんだろう」

小泉は立ちあがり、ハンガーラックのジャンパーを手にした。

小泉は、愛美との距離を保ちながら、オフィスビルを出た。

頭上に太陽がある。人の往来もしきりだ。どちらもうっとうしい。

ジャケットを着た男が愛美に近づく。本間だ。吉村が入手した写真を見た。愛美がちらっとふりむく。それを無視した。本間がひとりとはかぎらない。どこから、誰に見られているかわからない。

愛美がなにやら言葉を交わし、歩きだした。本間が肩をならべ、ビル角を曲がる。愛美には裏の駐車場に行くよう指示してある。この時間なら裏通りは人がすくない。

愛美が立ち止まった。

そばに〈月極駐車場〉の看板がある。リーマンショックのあと、銀座界隈はビル建設を断念した更地が増え、その大半は駐車場になった。

小泉は足を速めた。

「会社に戻りなさい」

愛美があとじさり、勢いよく駆けだした。

あとを追おうとする本間の二の腕を摑み、看板の裏に引きずり込んだ。

「まとわりつくな」

「うるさい。あんたは関係ないだろう」

「あんた……俺を知ってるようやな」

「ふん」

本間が顎をしゃくる。

膝で股間を蹴りあげた。本間がうめき、腰を折った。隣接する建物の壁に押しつけ、左手で首を絞める。

「言わんかい。俺は誰や」

「こ、小泉……」声がかすれた。

「どこの小泉さんや」

「ＴＭＲの社長……」

「誰に聞いた」

「愛美……」

右肘を張った。鈍い音がした。顎の関節を元に戻してやる。

「つぎは砕く」

本間がぶるぶると顔をふる。真っ青だ。

「西村がＴＭＲで働いてることを、どうやって知った」

「見たんだ」蚊の鳴くような声だった。「ダチのパソコンで……偶然に……」

ネット上に企業情報は氾濫《はんらん》している。だが、契約社員の氏名が載ることは絶対ない。ＴＭＲのような零細企業は代表者の氏名と資本金、業務内容までだ。

吉村の情報がうかんだ。本間の同居人は人材派遣会社勤務。それもブラックだ。

何に載っていた。訊きかけて、やめた。どうせ、小物だ。

「なんで愛美に近づく」

「会いたかったから」

瞳がゆれた。

「ここに来たことをダチは知ってるんか」

本間が曖昧に頷く。

鳩尾に拳を見舞った。

「はっきり答えろ」

「話した……もう許して……愛美には近づかないから……」

途切れ途切れに言った。

「最後の質問や。ダチの名は」

「それは……」

小泉は親指を本間の左目にあてた。

「潰すぞ」

「わ、わかった。言う、オサダ……」

「西五反田の長田利行やな」

本間の瞳が固まった。目の玉がこぼれおちそうだ。

にわかに、うしろがにぎやかになった。複数の女の声がおおきくなる。

「俺に殴られたことも話せ。仇《かたき》をとってもらわんかい」

手を放し、路上に出た。

三人の女たちが近づいて来る。白いブラウスに紺色のベスト。ＴＭＲとおなじオフィスビルにあるファイナンス会社のOLだ。

「こんにちは」

ひとりが笑顔で言った。ミュールの先で、赤のペディキュアが輝いていた。

オフィスのドアを開けても、中から声はなかった。

愛美が口を半開きにしている。昼食なのか、由梨と経理の内藤はいない。

「もう忘れなさい」

「はい」

力のない声で答え、愛美が立ちあがろうとする。訊きたいことがあるのだ。

小泉は手のひらでそれを制し、パーティションのむこうを覗いた。

デスクに川上がいる。

「作業は順調か」

「はい。夕方までには新しい資料ができあがります」

プログラマーの清水にデザインの変更を指示した。数か月おきにそうする。TMRの資料は同業他社に真似される。模倣品と識別するためにデザインや記載事項を変える。他社は手間と経費をかけたがらないので追従できない。

TMRの資料をコピー販売するのもむずかしい。資料には販売年月日がわかるように番号をつけてあるし、販売先を特定できるよう細工してある。初取引のさいは契約書を交わし、転売や不正使用に関する条項を明示している。違約金は購入額の百倍だから、購入者は転売することができず、資料の保管に万全を期すことになる。

裏稼業の取引相手も同様だ。転売や共同使用は許さない。契約書は交わさないが、約束を反故にすれば違約金のほかに、けじめをとる。

川上が言葉をたした。

「できあがり次第、富山に連絡します」

「やめとけ。約束の期限、ぎりぎりでええ」

「わかりました」

背後で靴音がした。大塚だ。

小泉は社長室のドアを開けた。

「入れ」愛美にも声をかける。「つめたいものを」

「はい」

すこし声が元気になっていた。

ソファに座り、煙草をふかした。

大塚も煙草をくわえた。乱暴な手つきでジッポーのやすりを擦る。苛立《いらだ》っているのはあきらかだ。きのうのことが尾を引いているのだろう。

──すみません。新橋で見失いました──

何度目かの電話で、大塚はそう言い、それっきり連絡が絶えた。

冷茶を運んできた愛美が去るのを待って話しかけた。

「頭に血がのぼったままか」

「ええ」

大塚が眉間に皺を刻んだ。己の感情を制御するのが苦手なのだ。

「まずはきのうの報告をしろ」

「飯田橋から総武線と山手線を乗り継ぎ、新橋で降りましてん」感情が乱れるともの言いが雑になる。「SL広場を過ぎ、赤レンガ通りにむかう路地に入ったところで撒《ま》かれました。あの野郎、レストランを出るときから俺を警戒してたんやと思います」

「へまをやらかしたんか」

「野郎が水上レストランを出るとき、目が合うて……気づかれたのかもしれません。野郎は視線を逸らしたふうに見えました」

「風体は」

「三十前半やと思います。グレーのシャツに濃紺のスーツ。ノーネクタイの手ぶら……サラリーマンとは違うような気がします。けど、面構えに凄みはなく、あぶない雰囲気は感じませんでした」

「サラの堅気がおまえの気配を察するとは思えん」

「俺があまいんですわ」

大塚が吐き捨てるように言った。

「俺に連絡したあとはどうした」

「赤レンガ通りと烏森《からすもり》通り、西新橋から虎ノ門にかけて散歩しました。そのあと、ＳＬ広場で網を張ってました」

むだと悟っていてもやり遂げる。大塚の性分だ。

冷茶を飲んで質問を続ける。

「そのあいだ、小僧は何してた」

「ヒデは……そう呼んでますねん……ラーメン屋を見張ってました。店に戻ったあとはそとにあらわれんかったそうです」

小泉は首をひねった。

大塚の尾行に気づいたのなら、それは男が警戒していたことを意味する。

木田と会うこと自体に警戒を要したのか。

大塚を撒いた男は木田に連絡し、大塚のことを話したのだろうか。

疑念は脇に置いた。

「水上レストランでの様子を話せ」

「木田は背中と頭しか見えませんでした。スーツの男は一度も笑わず……けど、肘掛に身体を預けて、余裕があるように感じました」

「そこを出るときは」

「先に店を出た木田は深刻そうな顔で……いや、確かやないです。俺はスーツの男に気を取られてましたさかい」

小泉は煙草を消した。

「おまえは、新橋から市谷に戻ったんやな」

「ええ。九時前に……木田は十時前に店を出て、歩いて家に帰りました」

「変わった様子はなかったか」

「ひとつ、気になることがあります」大塚がくちびるを舐めた。「いつもは従業員と一緒に店を出るのに、きのうは最後にひとりで」

小泉はソファにもたれた。

大塚が話を続ける。

「ヒデを十二時に帰し、俺は始発が動くまでマンションを監視してました」

「すっぽんやのう」

言って、小泉は笑った。

大塚も頬を弛めた。

「始発で新橋に引き返し、また、ふられたわけか」

「そのとおりですわ。朝の五時半からさっきまでＳＬ広場にいました」

悔しそうなもの言いではなかった。だいぶ感情が鎮まったようだ。

「小僧はラーメン屋か」

「朝からマンションを見張らせました。いつもどおり店に出たそうです」

「とりあえず、消えた男のことは忘れろ」

「けど……」声に未練がまじった。「あの野郎、なんかあります」

「縁があればまた出くわすやろ」

小泉は本音を隠した。消えた男を無視するつもりはない。だが、大塚は木田に専念させる。予見や邪推は集中力を削《そ》ぎ、ミスを誘う。

「市谷にむかいますわ」

「車を使え。身体がもたんぞ」

「そうします」

大塚が元気に立ちあがる。

小泉はデスクに移った。携帯電話が鳴っている。

頬杖をつく三岐子を初めて見た。

キャピトルホテル東急四階にあるバーのカウンターで、グラスをゆらしていた。黒のパンツスーツはジルサンダーか。となりの椅子にバリーのトートバッグがある。

「スコッチとはめずらしいな」

声をかけ、となりに座った。

「ワインばかり飲んでたから」

三岐子は政治家のパーティーに参加していた。義理掛けのようなものだという。

小泉は、マッカランのオンザロックを頼んでから、店内を見渡した。

カウンターに中年のカップル、テーブル席には四人と三人がいる。四人の席のひとりの顔は知っている。民和党の重鎮で、しばしばテレビに登場している。キャピトルホテル東急は、前身のヒルトンホテルの時代から政治家が好んで利用している。政治は夜につくられる。その舞台になった。

「パーティー、このホテルやったんか」

三岐子が頰杖のまま頷く。

「心配しないで。わたしの顔を覚えてる人はいないわ」

そんなことはない。三岐子はテレビのワイドショーや報道番組にコメンテーターとして出演し、新聞や雑誌にも登場している。

小泉は、どこか投げやりなもの言いが気になった。

「いやなことが続いてるんか」

三岐子が頬杖をはずし、右手で髪を梳《す》いた。

しばし彼女の横顔を見つめたあと、煙草をくわえた。

華奢《きゃしゃ》な手が伸び、パッケージにふれる。そとで煙草を喫うのは初めて見る。

小泉はグラスを傾けた。詮索はしない。

三岐子が小泉のグラスを手にした。ひと口飲んで、口をすぼめた。

「刺激が強いね」

「シングルモルトのマッカラン……おまえのはなんや」

「スコッチは詳しくないと言ったら、オールドパーでよろしいですかって」

「それならロックかストレートが美味い」

三岐子がほほえみ、バーテンダーに声をかけた。

「オールドパーをストレートで」

「ソーセージとガーリックトースト……オリーブのマリネも」

小泉が言うと、三岐子がおどろいたような顔をした。

「ここにはよく来るの」

きょうは三岐子に誘われた。

「俺もタヌキと縁がある」

「えっ」

「永田町に人間は住めんそうや。永田町の住人が言うんやから、そうなんやろ」

三岐子の頬が弛んだ。目が細くなる。ショットグラスを口にし、息を吐く。

「なるほどね。おなじお酒なのに、まったく別物みたい」

「おまえも別人に見えた。頬杖……様になってたわ」

「それ、褒めてるの」

「まあな」

グラスを空け、水割りに替えた。今夜の三岐子は酔うだろう。

「ねえ。隼ちゃんは周りに信じられる人がいるの」

「何を信じるねん」

三岐子が目をぱちくりさせ、すぐに笑った。

「わたしはね、信じるというより、身近な人たちを疑ったことがなかった」

「自惚れやな」

三岐子の目がさらにおおきくなった。

「世間知らずって言われるかと思った」

「ふん。小娘じゃあるまいし」

「そうね」

ため息まじりに言い、三岐子がまた頰杖をつく。

じっと見つめられ、小泉は視線を逸らした。

三岐子は家に誘わなかった。小泉もひとりになりたかった。

コンビニ店に寄るという三岐子を麴町の交差点で降ろし、運転手に声をかける。

「虎ノ門、オークラの近く……」

声を切り、左のサイドミラーを見た。五メートルほど後方に車のライトがある。タクシーを停めるとき、そこに車はなかった。

三岐子が交差点を左折する。タクシーの傍らを男が通り過ぎた。二十代半ばか。右手はズボンのポケット、左手に携帯電話を持っている。

「降りる」

つり銭を受け取らずにタクシーを降り、男のあとを追った。

交差点を曲がるさいにちらっと見たが、路肩の車は動いていなかった。

男はコンビニ店の斜向かい、路地角に立っていた。携帯電話をさわっている。

まっすぐそばに寄った。

「火はあるか」

男が顎をあげた。小泉より五センチほど背が低い。目と口がまるくなった。

左手首を摑み、後手にひねった。男の携帯電話を奪い、ポケットに入れる。

「なんだよ」

「うるせえ。声をあげたらへし折る」

路地に連れ込んだ。その先に更地がある。歩きながら自分の携帯電話を耳にあてた。

《どうしたの》

三岐子の声がした。

「すぐにコンビニを出ろ」

返事を聞かずに切った。

更地に入るや、男の尻を蹴りあげた。悲鳴が洩れ、男がはねた。脇腹に拳を見舞う。男が背をまるめた。髪を摑み、まっすぐ立たせた。

「なんで尾ける」

「なんのことだ」

鼻にも一撃を見舞う。血が飛び散った。

「俺は誰や」男の歯が鳴った。「言わんかい」

拳を構える。

「待て、待ってくれ。小泉……さんだ」

「どこの小泉さんや」

「TMRの……それしか知らん。ほんとうなんだ」

「いつから俺を尾けてる」

「きょう……あんたの会社の前で写真を見せられた」

「俺は、さっきまでどこにおった」

「赤坂のキャピトル東急」

「赤坂やない。永田町や。おまえは車で見張ってたんか」

男が頷く。

小泉は、男のブルゾンの襟で口元の血を拭った。

「歩け」

男の腰のベルトを摑んだ。

「どこへ」

「おまえが乗ってた車や」

「やめてくれ」

「吠《ほ》えるな」

膝で尻を蹴った。男がふらつきながら歩きだした。

コンビニ店の前に車が停まっていた。たぶん、おなじ車だ。

「走れ」

小泉は男を押した。

同時に車が発進した。信号を無視し、あっという間に遠ざかる。

「何人乗ってた」

「ひとり」

それが事実なら三岐子は尾行されなかった。

携帯電話を手にした。デジタルの11:19を見て、大塚に電話する。

「どこや」

《木田のマンションです》

高島が一緒と聞いて、ひとりで来るよう命じた。

大塚がグローブボックスから細紐を取りだした。小道具は幾つもある。

小泉は、男の手首に紐を巻き、後手に縛った。

「高速道路を走れ」

大塚に命じ、男のポケットをさぐった。所持金は二万一千三百十七円。折り畳みの財布には国民健康保険証が入っていた。運転免許証やクレジットカードはなかった。

保険証には〈氏名　原田《はらだ》昇《のぼる》、生年月日　昭和58年8月28日、住所　大田区西蒲田五丁目○×－西蒲田ハイム104号〉とある。

「仕事は」

「フリーター」

ふてくされたように言った。

股間を摑んだ。力をこめる。睾丸《こうがん》が縮むのがわかった。

原田がうめく。たちまち額に汗がにじんだ。

「逃げた野郎は何者や」

原田がぶるぶると首をふる。

「どうやって知り合《お》うた」

「ネットの掲示板……」声がかすれた。「探偵の助手を募集って……」

「いつのことや」

「きょうの昼……それを見たのは二時過ぎだった」

手を放し、煙草をくわえた。

原田がおおきく息をつく。

「のんびりすな。続きを喋らんかい」

「電話番号が書いてあったから連絡した。掲示板を見たと言ったら、四時に品川駅の近くの交差点に来いと……そこで車から声をかけられた」

「ようわかったのう。メールで写真を送ったんか」

「品川駅に着いて電話したとき、服装を訊かれた」

小泉はゆっくり煙草をふかした。

ほんとうか嘘か、判断つきかねた。闇組織の手口は熟知している。掲示板等のソーシャルメディアを利用し、簡単な仕事でカネになることを謳《うた》い、手下を募る。原田の話はスカウトするさいのマニュアルどおりだが、スカウトする側の人間かもしれない。

だが、斟酌《しんしゃく》しなかった。置き去りにされたのだから下っ端だ。

車が首都高速道路にのった。

「どんな野郎や」

「えっ」

「車に乗ってた野郎よ」

「三十過ぎの、痩せた男でした。ここに……」原田がくちびるの端を指さした。「二センチほどの切り傷がありました」

もの言いが丁寧になった。助かりたい一心なのだろう。

「車の中に何があった」

思案するような顔を見せたあと、原田が首をふる。

「喋り方に特徴はあったか。訛とか」

「ないです」

「野郎はケータイを使《つこ》うたか」

「いいえ」

「俺がホテルに入ったときの指示は」

「あなたが出てきて、歩くか電車を使えば尾行するようにと」

小泉は午後九時過ぎまで会社にいた。新作の資料をチェックしている最中に三岐子から電話があり、会社の前でタクシーを拾ったのだった。

「ホテルに入ったか」

「俺は車にいました」

「野郎は中まで尾けたんか」

「ええ。でも、すぐに戻ってきました」

ザ・キャピトル・バーはロビー脇の階段をあがったところにある。

ふかしてから、煙草を消した。

「ホテルを出たときの指示は」

「二人が別々になったら、俺が女を尾ける役目でした」

「そのあとは」

「どこかに入ったら連絡するよう言われました」

原田の携帯電話を調べた。最後の発信は15:47。相手は〇八〇から始まる番号で、その番号は発信履歴に二つ、着信履歴にひとつある。

三岐子がコンビニ店に入ったことを報告していない。そう思うが、確認する。

「なんで報告せんかった」

「えっ……ああ、かけようとしているところに……」

「間違いないんやな」

「ないです」

「下に降りろ」

大塚に声をかけ、紐を解いてやる。

「助けてくれるのですか」

「見逃したる。つぎに顔を見たら、タマを潰す」

財布と携帯電話を返した。原田と痩せ男の電話番号は暗記した。

★　★

岡野《おかの》康夫《やすお》は、玄関のドアを開けたところで立ち尽くした。目が細くなる。

娘の美咲《みさき》が立っている。薄暗い中、純白のウエディングドレスが輝いている。

《帰る前に連絡ください》とメールが届いた意味がわかった。

――これから署を出る――

――はい――

電話もメールも短く済ませる。美咲も妻の佳代《かよ》も岡野の気性と習癖は知っている。

「あなた」佳代が声を発した。「なにか言ってあげたら」

「ん、うん」

岡野は上がり框《がまち》に腰をかけ、靴紐を解《ほど》いた。

美咲がくすくす笑っている。

「ほんと、どうしようもない人ね」

佳代の声はあかるかった。

靴を脱ぎ、通路をダイニングにむかう。すれ違うとき、美咲に頷《うなず》いた。

四人掛けテーブルの奥に腰をおろした。

佳代はキッチンへ、美咲は岡野の間近に立った。

「座れよ」

美咲が笑顔で首をふる。

唐突に記憶がよみがえった。「きれいでしょう」。五歳の美咲が白いワンピースの裾をひろげた。あれも当直明けだったと思うが、なんと答えたのか憶えていない。

「もう着替えなさい」佳代が美咲に言う。「あなた、ごはん。お風呂にする」

「見ていたい」

「えっ」佳代が頓狂な声をあげた。「だめ、もう一時間以上も立ってるのよ。トイレにも行けないじゃない」

「そうか。じゃあ、一緒に飯を食おう」

美咲が頷き、背をむけた。

どきっとした。背中が腰のあたりまで開いている。

美咲も大人なのだ。岡野が二十三歳のときに生まれたから、もう三十五歳になる。結婚する気がないのかと思い始めた矢先、男を家に連れて来た。正月三日だった。それまで、本人にも佳代にも結婚の話をしたことがなかった。

「あなたも着替えて。もうすこし時間かかるから」

佳代が言った。

魚の干物を焼くにおいがする。朝食の定番おかずだ。それに焼き海苔《のり》と味噌汁《みそしる》があれば文句はない。好物はメザシだが、高値になってアジの開きに替わった。

テーブルに両手をついて立ちあがりかけたとき、携帯電話が鳴った。官給のほうだ。私物のほうは常時マナーモードにしている。

「はい、岡野」

《どこだ》

硬い声がした。上司の住友《すみとも》は声音で状況や機嫌がわかる。

「家です」

《死体《ホトケ》がでた。悪いが、臨場してくれ》

「悪くはありません。仕事です」

皮肉をこめた。悪いと思うなら電話してくるな。

岡野の本音は伝わらなかったようだ。

《現場は市谷八幡町三丁目△－×○。市ケ谷駅近く、ラーメン店『すみれ』だ》

「店内ですか」

《そのようだ。タクシーを使ってもかまわん》

「電車のほうが早く着けます」

自宅は小岩にある。佳代の父が所有する土地の上に家を建てた。佳代の要望だった。佳代の実家は代々の資産家で、周辺三箇所にマンションとアパート二棟を持ち、みずから不動産屋を営んでいる。建築費用は警察組合の世話になった。

JR小岩駅と市ケ谷駅は総武線一本でつながっている。

通話を切った。

「でかける」

「事件なの」

佳代が眉をひそめた。事件を案じているのではない。それくらいは感じとれる。

「ああ」

玄関にむかった。

框に腰かけ、靴を履く。廊下を踏む足音がした。

ふりむくと、美咲と佳代がならんでいた。美咲はチノパンツにＴシャツだった。

「おとうさん、お仕事、長くなりそうなの」

「どうかな。けど、おまえの結婚式までには帰れるだろう」

美咲は六月末に式を挙げる。まだひと月以上ある。

佳代がため息を吐《つ》いた。

「焦げるぞ」

岡野のひと言に、佳代があわててキッチンに戻った。

「きれいだった」

ぽつりと言い、ドアノブに手をかけた。

「着替え、持って行くね」

美咲の声が猫背を押した。

午前九時五十八分、岡野はＪＲ市ケ谷駅の改札を出た。

陽射しがうっとうしい。寝不足は応える。気温は夏日にまであがっているだろう。上着を脱ぎたいところだが、手に持てば仕事の邪魔になる。

外堀通りの路肩に赤色灯が廻《まわ》る乗用車とパトカーが数珠繫ぎに停められている。鑑識課の青バスも停まっている。

歩道は青いシートでふさがれているので、車道の路肩にセーフティコーンをならべ、歩行者用の迂回路《うかいろ》を設けてある。

岡野はシートの中に入り、白手袋をはめた。

地面を鑑識員が這《は》っている。私服は四人。店内にもいるだろうが、すくない。すでに班分けが行なわれ、聞き込みにまわっていると思われた。

引き戸を開けた。

店内には七人。うち三名は鑑識員だ。奥のテーブル席の傍らにいる。

死体はなかった。牛込署から車で五分もあれば現場に着く。桜田門の連中も二十分とかからず臨場しただろう。岡野は自宅から小一時間を要した。

「殺人《コロシ》ですか」

背中を見せる住友の耳元で訊《き》いた。牛込署刑事課捜査一係の係長だ。

ほかに見知っているのは警視庁刑事部捜査一課の町田《まちだ》警部ひとりだ。強行犯五係だったか。三年ほど前に強盗傷害事件の捜査本部でこき使われた記憶がある。

「ああ。腹と胸に刺し傷、後頭部に殴られた跡があった」

床の二箇所に血痕、ひとつはかなりひろがっている。壁にも血が飛んでいた。

「被害者の身元は」

「ここの店主、木田幸一郎」

岡野は頷いた。顔はうっすら憶えている。

「知ってるのか」

「二度、寄ったことがあります。美味《うま》いと評判だったので……二度目に食べた味噌ラーメンはスープが濃くて……」

声を切った。町田に睨《にら》まれたからだ。

遅れてきて、くだらん話をするな。そんな目をしている。

厨房《ちゅうぼう》から小柄な男が出てきた。ネクタイをしっかり結んでいる。

「係長、聞き込みにまわります」

「おう」町田が応じた。「ひとりだぞ」

「仕方ないです。遅れてきたので」

「よければ一緒に」住友が声を発し、岡野の肩に手をのせた。「うちの岡野です」

よけいな真似を。岡野は胸でののしった。

「一川《いちかわ》です」

笑顔で声をかけられ、岡野はむしるように手袋をはずした。

外に出ると、一川は脇目もふらず歩きだした。

横断歩道を渡りながら、岡野は訊いた。

「どこへ」

「被害者の家……麴町四丁目のマンションです」

もの言いは丁寧だ。

「あんた、階級は」

「警部補です。なりたてですが」

「若いのにたいしたもんだね。自分は定年間近なのに巡査部長」

「自分は見た目ほど若くないです。あと二年で四十……アラフォーです」

自分で言うのだから他人にそう見られるのだろう。岡野も三十歳前後かと思った。

「岡野さんも……」

「やめてくれませんか」さえぎった。「あんたは上官……呼び捨てで結構です」

「そういうのはどうも……では、オカさんにします。オカさんは捜一《そういち》ひと筋ですか」

「あっちこっち、幾つの署を回ったか忘れました。部署も……牛込署に転属され、三度目の捜一で思わぬ長居を……ことし六年目になります」

「被害者はどんな人物ですか」

「ん」

いきなり話題が変わってとまどった。

「食べに行かれたんですよね」

「若者好みの味……憶えてるのはそれだけです。それより、むだ足だと思いますが。被害者の自宅には誰かが行ってるでしょう」

「残り物に福があるかもしれません」一川が笑う。「それと、見ておきたいのです。被害者の自宅と店の間にある風景を」

変わってる。もの言いも発想も、過去にコンビを組んだ捜査一課の連中とは異なる。だが、どうでもいい。本庁の連中のやることには逆らわない。

「現場の状況を教えてください」

「自分も遅れたので又聞きですが……被害者はうしろから瓶で殴られた。凶器はカウンターにならべてある焼酎の瓶のようです。ふりむいたところを刺された。脇腹から左胸……凶器は鋭利な……ペティナイフのようなものとか」

「犯行時刻は」

「検視官によれば、午前〇時から四時のあいだ、死因は失血死だそうです」

「第一発見者は」

「店の従業員です。朝九時に出勤し、被害者を発見した」

「店の鍵を持っていたのですか」

たしか、営業時間外はシャッターが降りていた。牛込署への通り道というわけではないが、信号待ちで何度かシャッターを見たことがある。

「引き戸に鍵はかかっていなかったと……シャッターはあがり、灯《あかり》も見えたので、いつものように店主が先に来ているものと思ったそうです」

「盗まれたものは」

「食券機のカネは毎日、店主が持ち帰っていたと」一川がすこし間を空けた。「休業の日曜の深夜に、店で何をしていたのか」

「仕込みでしょう」

一川が首をふった。

「厨房でその痕跡を調べていたのですか」

「ええ。犯人は被害者と一緒に店に入ったような気がします」

「どっちかが呼びだしたとも考えられる」

「そうですね」

一川があっさり認めた。

「あの店に防犯カメラは」

「ありません。あのへんの人通りはどうなのですか」

「土日はすくない。まして深夜……目撃証言は期待できない」

ぞんざいな口調になった。喋《しゃべ》りすぎだ。一川の人あたりの良さに乗せられた。

空を見あげ、息を吐く。だらだらとした上り坂は応える。足を使う捜査が苦痛になりつつある。もっとも、足で点数を稼いだことはない。

右手にコンビニ店の看板が見える。缶コーヒーを飲みたくなった。

一川が手帳を見た。

「つぎの信号を右折したところですね」

岡野はまた息を吐いた。コンビニ店に寄りたいとは言えない。

★

★

「あいつらも刑事やな」

大塚がつぶやいた。

日テレ通りのコーヒーショップ、テラス席で道路にむかって座っている。大塚はチェアに背を預けて足を組み、平然と煙草《タバコ》をふかしている。

秀一は気が気ではなかった。周囲を眺める余裕などない。眼前を通り過ぎた二人連れの男は目に入ったけれど、見つめる勇気はなかった。

「どうしてわかるのですか」小声で訊いた。「若いほうは笑顔でしたよ」

「スーツにスニーカー。サラリーマンは営業かてスニーカーやローファーは履かん。連れの、ずんぐりしたおっさんは目つきが悪い。身形《ナリ》もどこか崩れとる。たぶん、若いのが警視庁の捜査一課で、おっさんは所轄署の刑事やな」

「そこまでわかるのですか」

「大阪で何度か世話になった」

大塚がこともなげに言った。

秀一は声がでなかった。一刻も早くこの場から逃げだしたい。

その思いはパトカーが『すみれ』に到着したときから続いている。けたたましいサイレン音と赤色灯に心臓が暴れだし、脇の下を幾筋もの滴が垂れた。

――そこにいろ。すぐに行く――

電話で状況を話すと、大塚はそう命じた。

野次馬にまじって警察官の動きを見ていても上の空だった。店の中からストレッチャーが出てきたが、白布に覆われて性別すらわからなかった。

――殺されたのかな――

——店の人じゃないの——

そばでささやく野次馬の声はほとんど耳に入らなかった。

大塚がやって来たときにはマスコミ関係者も集まっていた。〈報道〉の腕章を巻いた連中は、刑事とおぼしき者に声をかけ、カメラのシャッターを切っていた。

大塚は無言でその光景を見つめていた。

——離れましょう——

秀一は何度か言った。が、無視された。

現場を離れたのは救急車が去ったあとだった。その間に三々五々、私服の男たちが現場をあとにした。三十人以上になるか。大半は二人連れだった。


「顔色が悪いで」

「あたりまえです。監視していた男が殺されたんですよ」

ストレッチャーに乗せられた者の顔は見えなかったが、現場で取材するマスコミ関係者の声は断片的ながらも憶えている。

時間が経つに連れて不安が増している。それが声になった。

「大丈夫でしょうか」

「なにが」

「ボクらのこと、警察が知るかもしれません」

「かもやない。いずれ、警察は俺やヒデにたどりつく」

「……」

返す言葉が見つからない。

「ヒデが殺《や》ったんか」

「なんてことを」

声がひきつった。

「警察に訊問《じんもん》されたら正直に話さんかい」

大塚があっけらかんと言った。

この人はどういう神経をしているのだろう。秀一は呆《あき》れ顔で見た。

——大阪で何度か世話になった——

さっきのひと言が鼓膜によみがえった。

大塚は前科者なのか。警察沙汰になることに慣れているのか。

小泉も、と思いかけたところで声がした。

「そうならんことを願ってろ。ヒデは警察に非協力的な市民やさかい、刑事は根掘り葉掘りとおまえを追及する」

「非協力的とはどういう意味ですか」

「手配書の男を警察に通報せんかった。それどころか、やつを尾《つ》けまわした」

「それは……」

口ごもった。

大塚の眼光が増した。身がすくんだ。

「社長のせいやと言いたいんか」

秀一はぶるぶると首をふった。

「まあ、なんとでも言わんかい」突き放すようなもの言いだった。「けど、ヒデは社長に雇われた……その事実は消えん」

ため息が洩《も》れた。肺がしぼみ、背がまるくなった。

★　★

空振りの連続だ。歩くのもいやになってきた。腹も減っている。

被害者の部屋には二人の刑事がいた。一川の先輩なのだろう。短髪の中年男は、一川の顔を見るなり、何しに来た、と邪魔者扱いした。それでも一川は部屋を見てまわったが、十分ほどで立ち去った。不動産屋に行ったのも同僚が話を聞いたあとで、そこの社員はさも面倒くさそうな対応をした。

一川は、岡野に相談することもなく、マンションに引き返した。

岡野は黙って従った。好きにさせる。これまでもそうだった。

一川は、マンションのエントランスを見たあと、玄関に立ち、周囲を眺めていた。

路地から日テレ通りに出たところだ。

昼飯にしませんか。

声になりかけたとき、一川が口をひらいた。

「ここから現場までのコンビニで聞き込みをしましょう」

「ええ」

気のない返事になった。

「それが済んだら牛丼を食べましょう」

「はあ」

どうして牛丼なんですか。そのひと言も声にならない。

一川がコンビニ店『スマイル』に入る。

店内はにぎわっていた。レジ前には三つの列ができていた。岡野は時計を見た。午後十二時十八分。混む時間帯だ。

意に介すふうもなく、一川が通路にいる制服を着た男に近づいた。

「警視庁の者です」小声で言い、警察手帳を見せた。「責任者の方はおられますか」

「わたしが店主の高島です」

「お忙しいときに申し訳ありませんが、ご協力を願えませんか」

高島が眉根を寄せたあと、「こちらへ」と背を見せた。客を意識したのだろう。奥の事務所に案内された。狭い。大人が三人いれば歩くのも不自由だ。

「どんなご用でしょう」

高島が訊いた。椅子を勧めようともしない。

「この人物に……」一川が写真を見せた。「見覚えはありませんか」

犯行現場では鑑識員が被害者の顔を撮る。初動捜査の段階で捜査員はそれを複写したものを手に、現場周辺で聞き込みを行なう。

「さあ」高島が首をかしげた。「うちのお客様ですか」

「それはわかりません。よく見てください。どうですか」

「記憶にありませんね」

「ほかの店員さんに見てもらって構いませんか」

「それは……」声に苛立《いらだ》ちがまじった。「ご覧のとおり、書き入れ時でして」

「お時間は取らせません」

「そう言われても……」

「写真を見てもらうだけだ」

岡野は声を荒らげた。

高島だけではなく、一川も目をまるくした。

「緊急を要する重要事案の捜査なんだ」

一川が手でなだめるような仕種を見せ、高島に話しかける。

「ひとり三十秒で済ませます」

「いったい、どんな事件なのですか」

「自分は捜査一課の者です。そう言えばおわかりでしょう」

高島が肩をおとした。


通りを横断し、二店目の『ジョイ』にむかう。

『スマイル』では五人に被害者の顔を見せたが、皆が首をふった。

「昼間はむりかな」

一川がぼそっとつぶやいた。

「それでも協力してもらうしかないでしょう」

腹立たしいのを我慢した。コンビニ店をまわると言ったのは一川である。

「そうではなくて、『すみれ』の営業中、被害者はほとんど店にいたそうです。昼間の時間帯に働く店員と接する機会はすくなかったと思います」

「それなら……」

　足が止まりかけた。

　置き去りにするように、一川が『ジョイ』の自動扉を開けた。

「いらっしゃいませ」

　近くにいた若い女性店員が元気な声を発した。活気がある。先ほどの『スマイル』よりも客が多く、レジ待ちの列が長かった。

「警視庁の者です」

　今度は手帳を示さなかった。

「お待ちください」

　店員が奥へむかう。戻って来て、「店長が応対します。こちらへ」と案内された。

　事務所には三十代半ばの男がいた。デスクには二十インチのディスプレイがある。防犯カメラの映像を見ていたようだ。

　店長が座ったまま椅子を回転させた。

「どんなご用でしょう」

　一川が警察手帳を開いて見せた。

「捜査一課の一川です。緊急事案の捜査で伺いました」

「狭苦しいですが、おかけください」

椅子を勧められた。一川が座り、岡野はうしろに立った。

「この人に見覚えありませんか」

店長が写真を手にした。

「ありませんねえ」言ったあと、首をひねった。「ん」

「どうしました」

「どこかで……」

店長がふりむいた。壁にホワイトボードが掛かっている。

「あっ」声をあげ、店長が指をさした。「似てませんか」

「あっ」

一川も奇声を発した。

岡野はあんぐりとした。

外に出た。

めまいがした。気温が上昇している。慌《あわただ》しい一日になりそうだ。

一川が話しかけた。

「びっくりしましたね。被害者が指名手配中だったとは」

「あの手配書、見たことなかったのですか」

「お恥ずかしい。麴町駅の事件も知りませんでした」

「捜査一課は出動しなかった」

「誰かが出張ったでしょうが、一個係では動かなかったと思います」

そんなものだろう。岡野も一一〇番通報を受けて出動するが、大半は怪我の程度の軽い傷害事件や肉体的被害を伴わない強盗事件だ。出動してきた捜査一課の連中は初動捜査もそこそこに本庁へ引きあげる。所轄署に捜査本部が設置されるのは殺人、強盗傷害などの凶悪事案のみである。

一川が坂をのぼりだした。現場とも牛込署とも方向が異なる。

「どちらへ」

「麴町署です。傷害事件の詳細を聞きます」

「上司に連絡しないで」

いらいらしてきた。さわやかな口調とは裏腹に、性根はしぶとそうだ。

「似ているというだけで、傷害事件の犯人と被害者が合致したわけではありません」

「点数を稼ぎたいわけですか」

「昇進後の、初手柄を狙っています」

一川がにっこりした。

「素直だね」

「捜査一課にはひねくれ者が多いと思ってるのですか」

「そうは言わないが、あんたのように笑顔をふりまく刑事は初めて見ました」

「根が単純なんですよ」

それは違うだろう。声になりかけた。

岡野は視線をふった。先ほどの『スマイル』がある。寄ってみるかとも思ったが、やめた。些細《ささい》なことだ。めばえた疑念を一川に話す気にもなれなかった。

一時間ほどで麹町署をあとにし、裏手にあるダイヤモンドホテルに入った。

テラスに座り、ランチを注文する。

「喫《す》ってもいいですか」

一川が煙草のパッケージを手にした。フロアは分煙、テラスは喫煙できる。

「あんた、独身なの」

「いいえ。九月に子が産まれます」

「初めて」

「ええ。子はひとりで充分です。オカさんは」

「おなじくだよ」

一川が旨そうに煙草をふかした。麹町署での成果に満足しているようだ。

刑事課のソファで担当の捜査員と面談した。五十年配の巡査部長は腰が低く、やさしい口調で話してくれた。模範署といわれる麴町署は捜査員の質も違うようだ。三つの所轄署で捜査一係を経験したが、どこも個性の強い連中が多かった。

麴町駅構内での事件の詳細と捜査状況を聞いた。麴町署の要望を受けて、警視庁刑事部刑事総務課は『公開捜査』をネット上に載せているという。岡野は一度も『公開捜査』を見たことがなく、一川も滅多に見ることはないそうだ。

話を聞きおえたあと、一川はその場で上司の町田警部に報告した。

一川が口をひらいた。

「傷害事件、どう思いますか」

「どういう意味ですか」

「うちの事案との関連性の有無を訊《たず》ねています」

「ないでしょう」そっけなく答えた。「話を聞いたかぎり、麴町署は丁寧に捜査してる。殴られた男が警察より早く加害者を見つけだし、復讐《ふくしゅう》したとは思えません」

傷害事件の被害者の斉藤洋《さいとうひろし》が麴町周辺に住んでいるのであれば加害者の木田と接触した可能性もあるけれど、そうではない。

斉藤は中央区新富にある医療機器会社に勤めている。傷害事件は、千代田区紀尾井町の会社に勤める友人と飲食したあと、江東区豊洲の自宅に帰る途中でおきたという。

――電車に乗るさい、下車する木田とぶつかり、注意したら殴られた――

斉藤はそう供述していた。

一一〇番通報した中年女性によれば、被害者は罵声を浴びせて男に突っかかったが、加害者に殴られてホームに倒れた。頭部を打ったようなので通報したという。ほかの目撃者も同様の証言をし、被害者はかなり酔っていたとも述べている。

「そうですね」

一川が同意した。

ウェーターが来て、岡野の前にオムライスを置いた。

「お先にどうぞ」

一川はハンバーグセットを頼んでいる。

言われるまでもない。料理がくれば食べる。誰と一緒でもそうする。それに支払いは自分なのだ。麹町署を出たときも牛丼と言われ、ことわった。食べてすぐ店を出る。せわしない食事の仕方にはいつまで経ってもなじめない。

自分がおごりますよ。そう言うと、一川はうれしそうな顔をした。

会話もなく、食事をおえた。

岡野はアイスコーヒーを飲む。一川は煙草をふかした。

ポケットの携帯電話がふるえた。私物のほうを手にする。メールだ。

《手が空いたら連絡ください》

　読んで、携帯電話を折り畳んだ。

「返信しなくていいのですか」

「家の者からです。それより、これからどうします」

「会議が始まるまで聞き込みを続けましょう」

　岡野は腕時計を見た。午後二時になるところだ。まだ五時間もある。牛込署に捜査本部が設置され、午後七時に第一回捜査会議が行なわれるのは一川に聞いた。

　一川は、上司に報告する電話で、敷鑑班でお願いします、とも頼んでいた。被害者に関する情報を得たことで強気にでたのだろう。

　捜査員は大別して三班に分かれる。犯行現場の周辺で聞き込みを行なう地取り捜査、被害者の人的関係を調べる敷鑑捜査、遺留品等から犯人を追うナシ割班だ。

　犯行現場を見た刑事は、どの班が早く犯人に近づけるかを考える。

　現場の状況から、犯人は被害者と面識があった可能性が高い。臨場した誰もがそう推察し、大半は敷鑑班を望んでいるだろう。

「新富町に行きませんか」

「はあ」眉尻がさがった。「さっき、自分の話に同意したでしょう」

「念のためです。そのあと、ここに戻り、コンビニを回ります」

「またコンビニを……どうして」

「防犯カメラの映像を見たいのです。顔見知りの犯行だとすれば、被害者と加害者が一緒に映っている可能性もあります」

「もう回収されてますよ。あんたの報告を聞いて」

「しかし、この目で見れば優位に立てます」

「熱心なことで」

「そう皮肉を言わないでください。扶養家族が増えるのです。妊娠が判《わか》ったあと、小遣いを減らされました」

一川が肩をすぼめた。苦笑ではなく、あかるい笑顔だった。

岡野はわざとらしく欠伸《あくび》を放った。当直明けだと言っても聞き流されるだろう。

★　★

午後七時、小泉は帝国ホテル二階のオールドインペリアルバーに入った。

店内はにぎわっていた。あちこちから甲高い声がする。おそらく中国人たちだ。昼間は静かでたまに商談で利用するが、今夜はこのほうが都合いい。

入口近くのテーブル席に座り、スコッチの水割りを頼んだ。

ほどなく、吉村が肩をゆらしながらあらわれた。

「おなじものを。それと……」メニューを見る。「コールドローストビーフサンドイッチと野菜のスティックを」

言って、吉村は背をまるめた。周囲の耳は気になるようだ。が、心配はない。隣席は男ひとりと女が二人、中国語で話している。

「殺されたのは『すみれ』の店主の木田幸一郎と断定された。胸の刺し傷が致命傷と思われ、死因は失血死。凶器は鋭利な刃物と推定された」

吉村は、犯行現場の状況を説明したあと、私見を口にした。

「顔見知りによる犯行だな。計画性の有無はともかくとして、現場の状況からは乱暴な犯行に見えるが、犯人は手がかりになる痕跡を残していなかった」

「目撃者は」

「犯行時刻は月曜午前〇時から四時の間だ。司法解剖が済めばすこし狭まるが、その時刻、有力な目撃情報は期待できん。捜査本部は犯行現場周辺の防犯カメラの映像を回収して解析作業を進めているが、『すみれ』の近辺には防犯カメラはすくなかったそうだ。犯人はそれを知っていた可能性がある」

吉村はよどみなく喋り、グラスをあおった。運ばれてきたサンドイッチをたいらげ、音を立てながら野菜スティックを齧《かじ》った。

「捜査状況を教えろ」

「そっちは時間をくれ」吉村が腕の時計を見た。「いまごろは捜査会議の真っ只中《ただなか》だ。そのあと、接触してみる」

小泉は、グラス片手に頭を働かせた。

「映像の解析にはどれくらいかかる」

「数にもよるが、犯行時刻の前後数時間にかぎれば、一両日かな。映ってる人物の特定には人手と時間を要する。警視庁が保管するデータと合致する者がいなければ……犯歴のある者という意味だが……それくらいはかかる」

吉村の目が笑った。

小泉は顔をしかめた。吉村は大塚の犯罪歴を知っているのだ。

「麹町のマンションのほうは」

「家宅捜索し、マンションと周辺の防犯カメラの映像を回収した」間が空いた。「誰が監視してた。大塚か」

「ああ」

稼業で組ませたことはないが、大塚と吉村は面識がある。

「引っ張られるぞ。カメラに映ってりゃの話だが」

「しゃあない」

「大阪に戻してはどうだ。大塚が犯人じゃなければ、いずれほとぼりはさめる」

「親切には感謝するけど、大塚は尻尾を見せん。そもそも巻く尻尾がない」

「だろうな」

吉村が苦笑した。大塚の気質も知っているようだ。


小泉は、水割りを飲んでから口をひらいた。

「とはいえ、こじれて、警察との悶着《もんちゃく》が長引くのは面倒や。防犯カメラの件は、警察情報が入ったら教えてくれ」ポケットの札束をだし、五万円をテーブルに置いた。「情報提供者への謝礼や。あんたにはまとめて礼をする」

言いおえる前に、カネが消えた。

「この先、どうする」

吉村が真顔で訊いた。

「どうしようもないわな。木田は殺された。死人からカネは取れん」

「本音か。木田ひとりが標的だったのか」

「ほかに何がある」

「カネのにおいがした。おまえがそう感じたのなら、犯人も……」吉村がくちびるを舐《な》めた。「それでも諦めるのか」

「煽《あお》ってるんか」

「そうじゃない。が、乗りかかった船だ」

「やめとけ。警察相手に喧嘩《けんか》はできん」

「俺を巻き込んでおいて、それはないだろう」

「巻き込むやと……冗談は死んでからほざけ。カネに釣られたんやないか」

「ふん」鼻を鳴らし、バッグの封筒を取りだした。「ほれ、通話記録だ」

小泉は中を見ずにポケットに収めた。

「それを入手するには手続き上の書類が要る。どういうことか、わかるよな」

「あんたの情報元が捜査本部の訊問を受ける。と、そいつはどうなる」

「俺を庇えば、処罰を受ける。個人情報保護法と警察内規に抵触するからな。もしマスコミに知れれば依願退職を迫られる」

小泉は口をつぐんだ。肘掛に頰杖をつき、吉村を見つめた。

吉村が続ける。

「そんなことは承知の上だが、俺の二の舞は踏ませたくない。で、訊問を受けるはめになったときは、俺の名をだすよう言った」

「あんたはどうする。謳《うた》うか」

「さあな」

吉村が顎をしゃくった。

「めんどいのう」

小泉はつぶやいた。

警察の捜査よりも、いまは吉村の存在がわずらわしい。どっちをむいているのか判別できないもどかしさがある。

「俺への依頼は継続でいいんだな」

「ああ。あんたがどうでようが、俺からあんたとの縁は切らん」

「真に受けるぜ」表情が弛《ゆる》んだ。「木田の経歴と人脈は直に知れる。捜査本部が徹底的に洗うからな。防犯カメラの件もふくめて、わかり次第、連絡する」

吉村がグラスを空にし、腰をあげた。さすがにクラブのおねだりはないようだ。

小泉は煙草を一本ふかしてから店を出た。


大塚には火事場のクソ度胸がある。が、今度ばかりは動揺していると思っていた。

しかし、小泉の読みは、見たかぎり、はずれたようだ。社長室にあらわれた大塚の顔に不安の色はなかった。胆《たん》が据わってきたのか。そう感じる雰囲気がある。

「どこにおった」

「新橋ですわ」

ものの言いも普段と変わらない。

吉村と別れたあと電話し、会社に戻るよう指示した。午後十時、小泉が帰社したときは誰もいなかった。ミネラルウォーターのペットボトルと二つのグラスを手に社長室に入ったところに、大塚も帰ってきたのだった。

「しぶといのう」グラスに水を注いだ。「忘れえ言うたやろ」

「そのつもりでしたが……」

大塚が声を切り、水を飲んだ。

「新橋で消えた男が犯人やと思うてるんか」

「そこまでは……けど、気になります」

「警察に呼ばれたら、飯田橋のことを話したれ」

「確定ですか」

意味はわかった。

「おまえもその覚悟はできとるやろ」

「ええ。けど、刑事に野郎のことを喋れば、木田を監視してた理由も訊かれます」

「かまへん。正直に話せ。恐喝未遂で逮捕しますか、とな」

「俺はそれでも構いませんが、兄貴に累が及びます」

「俺も避けられん。おまえが黙秘してもな」

「ヒデですか」

「ああ。小僧はどうした」

「四時過ぎに別れました。兄貴の指示どおり、十日分の残金を渡して……刑事の訊問を受けるかもしれんと忠告したけど、なんも耳に入らんような顔してました」

「そんなもんや」

「警察への対応の仕方は教えませんでしたが、それでええのですか」

「へたに言いくるめて、それも喋られたら、よけい面倒になる」

　大塚が何度か頷き、煙草をくわえた。

「新橋は空振りか」

「影も形も見えませんでした」

「新橋に行ったことがあっても、縁はないのかもしれん」

「どういうことですの」

「尾行を確認するために電車を乗り継ぎ、新橋で降りた。逆に、尾行されたかもな」

「ええっ」大塚が目をむいた。「俺の素性を知ってどうするんですか」

「知るか。可能性の話や」

　大塚の頰がひくついた。歯軋《はぎし》りの音が聞こえそうだ。

「事件は警察にまかせとけ。訊問されたら、協力するふりをせえ」

「飯田橋で撮った写真も提供するんですか」

「そんな義理はない。訊問のさい、ケータイを調べられるかもしれんさかい、画像はプリントして、データは消去しろ」

「わかりました」大塚が煙草を消した。「ところで、警察の情報は入りますのか」

「さっき、吉村に頼んだ」

大塚が眉をひそめた。

「どうした。不服そうやな」

「あれもこれも……大丈夫ですか」

「おまえは吉村が苦手なんか」

「どこをむいてるんか……すみません。でしゃばりすぎでした」

小泉は苦笑を洩らした。いつのまにか、頭の構造も似てきたようだ。

★　★

校舎を出た。きょうも青空だ。夕方になっても気温はさがりそうにない。

秀一はデイパックを背負い、ため息を吐いた。木田殺害から丸一日以上が過ぎても頭はこんがらかったままで、何をしても上の空だ。食事もろくに咽《のど》を通らない。

「秀一くん」

背に声がした。靴音も聞こえて、山田里菜《やまだりな》が肩をならべた。オフホワイトのクロップドパンツに黄色のサマーセーター。黒のタンクトップが透けて見える。

「どうしたの。何度も呼んだのに」

「悪い。ぼーっとしてた」

「まだおとうさんと喧嘩してるの」

父と喧嘩した夜、里菜とメール交換した。長い愚痴になった。

おなじ学部の里菜とは三年生になって話をするようになった。食堂での些細なことがきっかけだった。つぎに顔を合わせたときに秀一から誘い、喫茶店で話をした。里菜はものいいからも態度からも落ち着きが感じられ、自分よりも大人だと思った。二人で映画館に行ったこともある。グループで飲み会をし、カラオケルームにも行った。テレサ・テンの曲を歌う彼女の立ち姿はさらに大人びていた。身近な存在になれば歳下扱いされそうで、自分のほうから距離を詰めるのをためらっている。

「ほとんど顔も合わせてない。最悪だよ」

「それなら大丈夫ね」

「どういうこと」

「最悪を自覚してれば、悲惨な結果にはならないわ」

里菜が笑った。

秀一は肩をすぼめた。状況がわかってないから、そんなことが言えるんだ。そうは言い返せない。里菜に殺人事件のことはひと言も話していないのだ。

気分はほんとうに最悪である。

――かもやない。いずれ、警察は俺やヒデにたどりつく――

大塚の声が鼓膜にへばりついている。

訊問されたら正直に話せ、とも言われたが、そうすればどうなるのか。警察は解放してくれるのか。小泉の存在も気になる。警察に洗いざらい話せば小泉も訊問される。小泉はそれを容認するのだろうか。

父との関係修復も容易ではない。

――……奴隷じゃないんだ――

木田を監視中にかかってきた電話で暴言を吐いて以来、父から電話はない。日付が替わってから帰宅し、『スマイル』の朝の書き入れ時にでかけている。母に話しかけられても生返事で、この数日は家で朝食も食べていない。

父に詫《わ》びを入れようか。先ほどの受講中はそんなことも考えていた。住む家がないのだから、それしかないように思う。家出は餓死するにひとしい。

里菜が前に回り込んだ。細長いイヤリングがきらめいた。

「きょう、バイトは」

「ない。きのうでクビになった」

仕事の内容は教えず、短期間のアルバイトを始めた、と電話で話した。

「おいしいイタメシ見つけたの。行こうよ、ご馳走するから」

「カネは持ってる」

「クビになったんでしょう。わたしにまかせて」

腕を取られた。セミロングの栗色の髪が顔にかかった。大人のにおいがした。

数メートル進んだところで、足が止まりかけた。

正門に二人の男がいる。ひとりが手元を見ている。

秀一はうつむき、里菜に引きずられるようにして歩く。

「高島さん」中年男が声をかけた。相方は三十歳前後か。「高島秀一さんだよね」

「そうですが……」

語尾が沈んだ。

若いほうが黒い手帳をかざした。中は開かない。

「警視庁捜査一課の者です。お話を伺いたいのですが」

「どんな」

「わかってるだろう」中年男が乱暴に言った。「市谷の件だよ」

秀一は声がでなかった。背筋に冷たいものが走った。

「なんなの」

里菜の問いにも答えられなかった。

里菜が若いほうに面と向かう。

「これはどういうことなんですか」

「あなたは」

「秀一くんの彼女です。彼になんの用があるのか、教えてください」

里菜が毅然《きぜん》として言った。これまで聞いたことのない声音だった。

「事情をお聞きしたいだけです」

「捜査一課と言いましたよね。どんな事件ですか」

「お答えできません」

「あなた方のお名前は」

「自分は一川、連れは牛込署の岡野です」

「秀一くんが事件にかかわっているのですか」

「それもお答えしかねます」

「さあ。行こう」岡野が秀一に近づく。「ここではなんだから、署で事情を聞く」

「そんな強引な」里菜が食ってかかる。「任意でしょう」

「よくご存知で」岡野がせせら笑う。「でも、彼は応じる。そうだよね」

秀一はちいさく頷き、里菜の肩に手をのせた。

「ありがとう。行くよ。俺、悪いこと、してないから」

「わかった。気をつけてね」里菜が言い、岡野を見た。「牛込署ですね」

「そうだが、どれくらいかかるかは、彼の態度次第だ」

「ずいぶん傲慢ですね」

「あんたは気が強そうだ」

言って、岡野が秀一の腕を引いた。路肩に車が停まっている。

秀一は後部座席に乗せられた。


「五月二十六日、午後六時十三分、これより訊問を開始する」

岡野が声を発した。

秀一の斜め後方、ドア近くの小デスクに制服警察官がいる。一川は壁際に立った。

氏名、年齢、住所、職業のあと、家族構成を訊かれた。

秀一は舌を嚙《か》みそうになった。口中はからからだ。

「新宿区市谷八幡にあるラーメン店『すみれ』は知っていますか」

頷いたら岡野に睨まれた。

「声をだしなさい。『すみれ』の店主の名は」

「木田さん……名前はニュースで知りました」

「事件後ということかな」

「そうです」

「それはないだろう。こっちは複数の証言を得ている。あんたは『すみれ』と被害者のマンションの周辺で目撃されているんだよ」

秀一はうつむいた。

「正直に話しなさい。『すみれ』とマンションの近くにいたことは認めるね」

顔をあげた。

「頼まれたのです」

「頼まれた……誰に、いつ、どこで、何を」

秀一は、木田が『スマイル』にあらわれた夜のことから話した。小泉と大塚の顔がうかび途切れがちになったが、途中からはすらすら話せた。

そのあいだ、岡野がノートにペンを走らせていた。

「順を追って訊く。手配書を見て、どうして警察に通報しなかったのですか」

「確信がなかったからです」

警察は好きになれないとは言えない。

「小泉という男に話したのは」

「話の流れで……誰かに聞いてもらいたかったのかもしれません」

「小泉という男は何故、被害者が店にあらわれたら尾行するように言ったのですか」

「わかりません」

己の推測を口にする気にはなれない。小泉にはバイト料をもらった。小泉にも大塚にも得体の知れない凄《すご》みを感じている。

「小泉の素性は知っていますか」

「誘われたバーで名刺をいただきました。ＴＭＲという、マーケットの調査をする会社の社長さんです」

「その名刺は」

「デイパックの中の定期入れにあります」

取調室に入る前、所持品は、ポケットの中のものまで提出を求められた。

一川が部屋を出た。

岡野が口をひらいた。

「どんな男ですか」

「どんなって……スーツを着た普通の人です」

「まともな人間が、傷害事件の容疑者を尾行するよう頼むと思うのか」

岡野の声が強くなった。

「そんなこと言われても……自分も興味が湧いたのは事実です」

興味の対象が小泉とは言わない。言えば話がややこしくなりそうな気がする。

ドアが開き、一川が戻ってきた。デイパックをデスクに置く。

一川は白い手袋をはめていた。被疑者扱いされているようで気分が滅入る。それでも言われた通りにした。

「コピーするが、かまわないね」

否も応もない。頷くと、一川はまた部屋を去った。

「訊問を続けます」岡野が言った。目つきが鋭くなっている。「五月十五日、金曜の深夜に、被害者が『スマイル』にあらわれた……間違いないね」

「ありません」

「あんたは、被害者のあとを追い、被害者がマンションに入るのを見届けたあと、小泉なる男に連絡した」

「はい」

「十五分ほど経って、大塚という男がやってきた……それも間違いないね」

「ありません」

大塚とのやりとりを話した。防犯ビデオの話は略した。時間が経つにつれて考える余裕ができ、自分に不利になることを言うのは避けようとの意識が働いた。

「大塚は小泉の指示で来たのだね」

「そう思います」

「大塚は監視の目的を話しましたか」

「いいえ」

「あんたは訊かなかったのですか」

「頭がまわりませんでした。店のことが気になって……」

「よくわからないね。被害者を尾けた理由が……理解できない。ほんとうは、あとを尾けろと言われたさい、金品を受け取ったんじゃないの」

「そんなことはありません」声を強めた。「自分でもよくわからないのです」

「しかし、三日後には日給一万円で依頼を受けた。そのときの心境はわかるだろう」

「成り行きみたいな……」

「ふざけるな」岡野が怒声をあげた。顔が赤らむ。「大塚はともかくも、小泉は、あんたを雇ってまで被害者を監視したんだ。目的は明白じゃないか。傷害事件で指名手配中の被害者を強請《ゆす》るつもりだった」

「そんな……」

あとの言葉が見つからない。

視線を逸《そ》らしたところへ、一川が戻ってきた。

岡野が低くうなったあと、立ちあがって制服警察官のそばに行った。これまでの供述内容を確認したのだろう。椅子に座り直して口をひらいた。

「話を先に進めます」口調が戻った。供述調書を意識しているのか。「五月十九日の正午過ぎ、あんたを乗せた車で、大塚は市谷八幡にある『すみれ』に行った。つまり、その時点で、大塚は被害者の素性を知っていた」

「ええ。大塚さんは、マンションを見張り、あとを尾けたそうです。が、それ以外のことは何も……知らないほうがいいと、大塚さんに言われました」

「その日が大塚とは二度目……すこしはどんな人間かわかったと思うが」

「関西弁に迫力があって……」

声に詰まった。

——社長に殺れと言われりゃ殺る。それだけのことや——

にべもなく言った大塚の顔がうかんだ。目は冷たい光を放っていた。

「なにかの理由で威《おど》されたのですか」

秀一は首をふった。もう話したくなくなった。

「代わってください」

岡野が言い、ドアにむかう。空いた椅子に、一川が座った。

一川の表情はおだやかだ。それでも神経は弛みそうにない。苦痛が増している。取調室で刑事の訊問を受けているのだ。小泉や大塚への恐怖心もある。

「疲れたでしょう」

やさしい声がした。

「不愉快になる質問もあったとしたらご容赦ください。自分らの仕事なのです」

秀一は頷いた。

一川の訊問は飯田橋の水上レストランでのことに集中した。だが、秀一はあまり答えることができなかった。座っているあいだ、木田らに背をむけていたのだ。座る前にスーツ姿の男の顔は見たけれど、特徴などは記憶にない。そのことを話し、大塚がしきりに携帯電話にふれていたと言い添えた。

「大塚は、スーツを着た男を尾行すると言った……そのあとのことは」

「聞いていません」

「関心はなかったのですか」

「さっきも話したように、知らないほうがいいと言われたので……それに、店のことで親と喧嘩してる最中で、ひとつのことに集中できませんでした」

「いまも」

「えっ」

「親子喧嘩ですよ」

「こんなことになって、よけい気分が重くなりました」

「こちらのほうはあなたの心がけ次第で片がつきますよ」

もの言いはやわらかくても癇《かん》にふれた。捜査協力を強要している。

「死体が発見された当日のことですが、現場にいましたか」

「……」

秀一は目をしばたたいた。返答を迷った。

「協力的ではないですね」口調がきつくなった。「目撃者がいるんですよ。われわれが犯行現場にいた時刻、その近くであなたを見たという証言がある」

「いました」ため息まじりに言った。「パトカーが来たときはひとりで……大塚さんに連絡し、合流しました。そのあと、コーヒーショップで様子を見ていました」

「そのとき、どんな話を」

「よく憶えていません。気が動転して……ほんとなんです」

「大塚に、何か指示されましたか」

「別に……警察に訊問されることがあれば正直に話せと……それくらいです」

一川の眼光が増した。

「大塚は自分らが警察の訊問を受けるのを予期していたのですね」

「ボクのほうから話しかけたのです。ボクらのことを警察が知るかもしれないと……そのときの返答でした」

「大塚を庇っているということはないでしょうね」

「どうして庇う必要があるんですか」むきになった。相手が岡野なら反発しなかったかもしれない。「刑事さんて、邪推が仕事なんですか」

「そうですね」一川が平然と言う。「そのあと、小泉か大塚と会いましたか」

「いいえ。電話もありません」

「あなたからも連絡してない」

「はい」

「事件が気にならないのですか」

「なりますよ」

声がとがった。そんなわけないだろう。そう怒鳴りたい気分だ。

岡野が戻ってきた。

一川が声をかける。

「代わりますか」

「いや、結構です」

一川が視線を戻した。

「最後の質問です。五月二十四日、日曜も被害者を監視していましたか」

「午後七時から午前〇時まで、マンションの前にいました」

「ひとりで」

「はい。大塚さんと交替しました」

「大塚は何時からいたのですか」

「わかりません。あの人の行動は知らないのです」

「被害者は部屋にいましたか」

「それもわかりません。大塚さんは、きょうは見てないからいるだろうと」

「午前〇時にひきあげた。間違いないですね」

「ありません。そのすこし前に大塚さんから電話があり、帰っていいと」

「大塚は引き継がなかった」

「あの夜の監視はその時刻でおわりでした」

「そのあと、どうしましたか」

「家に帰りました。音楽を聴きながらメールとラインを……そのうち眠くなって、午前二時ごろには寝てしまったと思います」

「家族の方と話されましたか」

「一時前だったか、妹が部屋に来て、十分ほど話しました」

「どんなことを」

「父との喧嘩の件です。妹が心配してくれて」

「わかりました。本日はこれで……またお訊ねしたいことがでてくるかもしれません。そのさいもご協力のほどお願いします」

　秀一は答えなかった。

「小泉もしくは大塚から連絡があれば、報せてください」一川が自分の名刺に携帯電話の番号を書いた。「それと、あなたのほうから連絡しないように」

「このことを話すな……そういう意味ですか」

「強要はしません。が、供述内容が二人に洩れれば、あなたの心証は悪くなります」

「二人は容疑者ということですか」

「あんたもだ」岡野の声がした。「家族の証言はアリバイの証明にならない。信憑性《しんぴょうせい》が高いと判断できても、あんたにはほかの容疑がある」

「……」

　秀一はあんぐりとした。恐喝、殺人幇助《ほうじょ》。そんな単語がうかんだ。威しだ。そう感じたが、文句のひとつも言えなかった。

　預けた荷物を受け取り、岡野とならんで一階ロビーにむかう。

「秀一くん」

声がして気づいた。長椅子に里菜がいる。

「ご苦労さん」

秀一の肩をぽんと叩き、岡野が引き返した。

正面玄関の階段を降りてデイパックを背負い、両腕をひろげた。

「ずっといたの」

「あそこで」里菜が指さした先に喫茶店がある。「勉強してた。ここに来たのは二十分くらい前かな。けっこう長かったね」

「ごめん」

素直に詫びた。待っているとは思わなかった。取調室では里菜を失念していた。

「いったい、なんだったの。どんな事件……」

「そう急《せ》かせるなよ。疲れたんだ」

「そうだよね。とりあえず、イタメシ食べに行こうよ」

里菜があかるく言った。

秀一は立ち止まった。携帯電話が鳴っている。父からだ。迷ったが、耳にあてた。

「なに」

《どこだ》声が怒っている。《どこで、何してる》

「学校の帰り。友だちと一緒だよ」

《すぐ帰ってきなさい。訊きたいことがある。何度も電話したんだ》

父がまくし立てた。鼓膜が破れそうだ。

「これから食事会なんだ」

《のんきなことを言ってる場合か。警察が来たんだ。家にも店にも……》

「待って」さえぎった。「その件は済んだ。刑事さんと話した」

《そんな言種《いいぐさ》はないだろう。さんざん心配かけておいて……早く帰ってきなさい》

「わかったよ」

邪険に言い、通話を切った。

「お家《うち》に帰るの」

「帰るもんか。どうせ、また喧嘩になる」

秀一は歩きだした。

★　　　★

岡野はドアを引き、一川のあとから中に入った。午前十一時を過ぎている。

「いらっしゃいませ」

元気な声がし、若い女が近づいてきた。ゆったりしたオレンジカラーのTシャツにガウチョパンツ。もうひとりの女もカジュアルな身形だ。

「どちら様でしょう」

「警視庁の者です」一川が警察手帳をかざした。「大塚旭さんはおられますか」

女の瞳がゆれた。岡野にはそう見えた。

「あいにく外出しております」

声音はあきらかに弱くなった。

「小泉社長はおられますか」

「いいえ。本日は午後からの出社予定です」

「大塚さんの帰社は何時のご予定ですか」

「さあ」女が首をかしげた。困惑している。「しばらくお待ちください」

女がパーティションのむこうに消え、ほどなく、スーツを着た二十代後半とおぼしき男と戻ってきた。ごく普通のサラリーマンに見える。

「警察の方が、大塚にどんなご用でしょう」

「失礼ですが、あなたは」

「大塚の同僚の、川上です。わたしにも警察手帳を見せていただけませんか」

一川が警察手帳を開いた。

「警視庁捜査一課の一川と申します」

岡野も手帳を見せた。

「牛込署刑事課の岡野です」

「捜査一課とは穏やかではありませんね」

川上の顔に動揺の気配はない。

一川が応じる。

「ある事件に関して、大塚さんに事情をお伺いしたいのです」

「どのような事件ですか」

「お答えできません」

「社長も名指しされたようですが」

「おなじ理由です」

二人がやりとりしているあいだ、岡野はガウチョパンツの女を見つめていた。先ほどよりも顔が強張《こわば》ったように見える。

「大塚は営業にでかけ、何時に戻るか未定なので、電話とメールで連絡してみます。念のために、あなたの連絡先を教えてください」

一川が電話番号を書き込み、名刺を渡した。

「至急、お話を伺いたいと……」一川が語気を強めた。「必ずお伝えください」

「わかりました。社長のほうもおなじ伝言でしょうか」

「いいえ。日時を改めて参ります」

あまいな。岡野は胸でつぶやいた。

捜査の優先順位を教えているようなものだ。意図してそうしているとしたら、見かけ以上にしたたかといえる。ベテランの刑事でも思惑がらみで被疑者に捜査情報やそれに類することを教える者はすくない。失敗したときのリスクがおおきいからだ。


「寄りたいところがあるのですが」

オフィスビルを出たところで、岡野は言った。

一川が怪訝《けげん》な顔を見せ、すぐいつもの顔に戻した。

「いいですよ。自分は調べたいことがあるので桜田門に寄ります。夜の捜査会議で合流しましょう。大塚と接触できる状況になれば連絡します」

「わかりました」

一川の背を見送ったあと、コンビニ店でお茶のペットボトルを買い、ビルに戻った。

ほどなくしてガウチョパンツの女が出てきた。

すっと近づく。

「お昼ですか」

女が立ちすくみ、目をまるくした。瞳が固まっている。

「あんた、名前は」

「西村です」消え入りそうな声だった。「あのう、わたしに用ですか」

「近くに、ランチを食べられる喫茶店はありますか」

「むかいの二階なら、まだ座れるかも……」

岡野は視線を移した。

窓からちいさなイタリア国旗が垂れている。フォークとナイフは苦手だが、仕方ない。あと十分もすれば路上はサラリーマンとOLであふれるだろう。

十人は座れる楕円形のテーブルと八つのテーブル席がある。

岡野は入口近くの二人掛けのテーブル席を選んだ。

西村はランチメニューの中から子羊の香草焼を、岡野は単品のバジリコスパゲッティを頼んだ。それならフォークだけで済む。

西村の表情は沈んだままだ。

岡野は、水を飲んでから話しかけた。

「ずいぶんおどろいていたね」

「えっ、ええ。だって、刑事さんが来るなんて……」

「それだけの理由かな」

「どういう意味ですか」

さぐるような目をしたが、声には力がなかった。

「なにか思いあたることがあるんじゃないの」

西村が視線をおとし、右手で左手をこすりだした。

「身辺で警察沙汰になるようなことがあったのかな」

「ちょっと……もう済みましたが」

「話してくれませんか」

「刑事さんはどんな事件を捜査してるのですか」

「それは言えない。ここが寒くなる」手のひらを首にあてた。「あんたの話を聞いて、関係があるようなら、捜査に差し障りのない程度で話しますよ」

駆け引きは好まないが、西村の様子は勘をそそる。

「わかりました」西村が水を飲んだ。「元彼氏につきまとわれて……社長に相談したんです。数日が経って元彼氏が会社に……社長が相手をしてくれました」

途切れ途切れに言った。

「会社で話し合ったの」

「そとです。そうするよう社長に指示されました」

「あんたも同席した」

「いいえ。会社に戻りなさいと言われて……社長は十分ほどで戻って来て、もう忘れなさいと……でも、気になったんです。社長のジャンパーに染みが付いていたから」

「血痕かな」

「そう見えました。だから、刑事さんが来られたときに気が動転して……」

「いつのこと」

「先週の木曜です。それ以来、元彼氏から連絡はありません」

「木曜以降に、社長とその男の話をしましたか」

「いいえ。ジャンパーの染みのことも忘れかけていました」

西村はまじめな顔で答えている。

「刑事さんの捜査と関係ありそうですか」

「なさそうだ」

岡野が作り笑いをうかべると、西村は表情を弛めた。

料理が運ばれてきた。

「さあ。食べよう」

岡野はフォークを持った。オリーブオイルにニンニクのにおいがまじっていた。

ＪＲ有楽町駅で山手線に乗り、五反田駅で降りた。

改札を出てから立ち止まり、東京都警察管区別地図帳を開いた。警察官の必需品だ。近ごろは携帯電話の端末情報を頼る若手もいるが、岡野は見ない。一を頼れば十を頼る。校閲システムが整備されていないネット情報はしくじりの元だ。

大通りを南下し、右に折れた。

三分ほど歩いたところにめざすマンションがあった。六階建ての白壁は汚れている。ところどころ、ひび割れも見えた。

エントランスに入り、メールボックスを確認する。二〇三号室のネームプレートは白地だった。投函口から数枚のチラシが見えた。

ロック付きの扉はなく、インターホンも見あたらない。エレベータに乗った。

二〇三号室のドア脇のプレートには紙も挿されていなかった。

チャイムを押すと、音が洩れ聞こえた。耳を澄ます。足音もした。が、応答はない。もう一度チャイムを鳴らし、スコープの前に立った。

「だれ」

ぶっきらぼうな声がした。

「警察の者だ」強気にでた。「長田か」

ＴＭＲの西村愛美に元彼氏の名を聞き、かつての部下に身元照会を頼んだ。捜査本部の連中は頼らない。会議で説明を求められるのは煩わしい。

一時間と待たずに連絡があり、本間強の住所がわかった。本間は、長田利行という男と同居していた。長田の経歴も知れた。

チェーンを解く音がし、ドアが開く。

岡野は、すばやく足をだした。

「長田か」

「ああ。警察がなんの用だ」

不機嫌を絵に描いたような顔をしている。

奥を覗《のぞ》いた。薄暗い。カーテンは閉じてある。人の気配はなかった。

「あがらせてもらう」

「待てよ」長田が声を荒らげた。「令状はあるんか」

「おい」一面を合わせた。前科者に配慮はしない。「上等な口を利くじゃねえか」

「あんたが強引だからだ」

声音が弱くなった。刑事に威圧されれば、前科者の大半はそうなる。例外は覚醒剤常習者か精神疾患者くらいのものだ。

岡野は靴を脱ぎ、正面奥へ進んだ。

十平米ほどの部屋は散らかっていた。中央に正方形の座卓、壁際には三段のラックが三つならんでいる。奥にスチール製のデスク。ノートパソコンの周囲には用紙が散乱している。ほかに三十インチほどのテレビがある。

長田があわてた手つきでデスクまわりを片づける。

岡野は、汚れたクッションに胡坐《あぐら》をかいた。煙草臭い。灰皿は吸殻の山だ。

「窓を開けてくれ」

長田がふて腐れ顔でカーテンを引き、ガラス戸を開けた。

陽は射さなかった。ベランダのすぐむこうに建物の壁がある。

視線を戻し、ラックの上を指さした。都内の地図と地下鉄の路線図が貼ってある。地図は幅二メートル以上、路線図も拡大したものと思えた。

「東京観光が趣味か」

長田が口元をゆがめた。

「まあ、座れ」長田が腰をおろすのを待って言葉をたした。「懲《こ》りないようだな」

「なんの話だ」

長田が煙草をくわえる。ライターを持つ手がふるえた。

「弁当は切れても、つぎは重い。間違いなく実刑を食らう」

「冗談じゃない。俺は足を洗ったんだ」

「いまは何してる。オタクで飯が食えるのか」

「部屋でやれる仕事さ」

「ふん」

　鼻を鳴らした。

　長田が勤めているのは業務実態のない人材派遣会社だ。情報元によれば、ネット広告で登録者を募り、彼らが記載した個人情報を名簿業者や詐欺組織に売り捌いているらしい。大崎署刑事課捜査二係が注視しているという。会社は大崎署管内にある。

　だが、他部署の仕事に興味はない。

「ところで、本間強はどこだ」

「えっ」声がはねた。「あいつに用なのか」

「質問に答えろ」

「いねえよ。女としけ込んでるんだろう」

「女がいるのか」

「さあ」

「いつからいない」

「先週の木曜。朝からでかけて、それっきり……電話もない」

「外泊はよくあるのか」

「二日以上帰ってこないのは初めて……どうでもいいけど」

「そりゃどういう意味だ。居候のダチじゃないのか」

「頼まれたんだ。上司に……しばらく居させてやれと……カネをもらった」

「同僚か」

「知らない。俺は上司としか接触しないから」

岡野は頷いた。

犯罪組織の幹部と部下は縦一本でつながっている。数珠繋ぎの一本線だから、下っ端を逮捕してもせいぜいその上に手が届くだけで、てっぺんは影すら見えない。

「上司の名は」

「勘弁してくれよ」懇願するように言った。「本間のことで来たんだろう」

「おまえは見逃してやってもいい。その代わり、正直に答えろ」

長田がこくりと頷いた。空唾をのんだのかもしれない。

「女の話を聞いたことがあるか」

「あいつは女とジャリタレにしか興味ない。あとは、ぼやいてばかりだ」

「女の名前を聞いたことは……愛美はどうだ」

長田が首をかしげた。

「憶えてない。何人かの名前を聞いたけど、右から左……興味ないからね」

話しおえる前に携帯電話が鳴った。その場で受ける。

《一川です。大塚が牛込署に出頭します。午後六時です》

腕時計を見た。午後五時を過ぎたところだ。

「これからむかいます」

携帯電話を折り畳んでポケットに収め、長田を見据えた。

「木曜のことだが、本間がでかける前に話をしたか」

「ああ。仕事だと言ってた」

「仕事の中身は」

「聞かなかった。でも、有楽町に行くと」長田が壁の地図を指さした。「あいつ、あれを見てたんだ。で、有楽町に行く方法を教えてやった」

「確かだな。嘘だったら、おまえを引っ張る」

「そんな……」声がうわずった。「あいつ、何やらかしたの」

「うるさい」邪険に言った。「宿泊先に心あたりはあるか」

「ときどき、電話やメールしてたけど、相手はわからない」

「ここに荷物はあるんだな」

「ああ。たいしたものはないけど」

「おまえの上司に、本間が帰ってこなくなったことを話したか」

「しねえよ。よけいなことは言わない主義なんだ」

「俺には話せ」言って、手帳を手にした。「本間のケータイの番号は」

「090―3△5○―29○×」

手帳に書き留めた。

「ケータイはひとつか」

「だと思う」

「おまえの番号は」

「080―52△○―1×9△」

「一本ということはないだろう」

座卓にスマホがある。デスクに三つのガラケーを見た。押入れにもありそうだ。

詐欺組織の隠れ家で七十三個の携帯電話が押収されたという話を聞いた。携帯電話はネット上でも路上でも売買されている。俗に〈飛ばし〉と称する代物だ。その中で所有者が特定される携帯電話は一回の仕事が済めば、遺棄される。川や濠、池の底に沈む携帯電話の大半は犯罪に使用されたものだ。

岡野は手帳の一枚を破り、自分の携帯電話の番号を書いた。

「本間が戻ってくるか、連絡があれば、ここに電話しろ」

「わかった」

「邪魔したな」立ちあがり、ひと言添えた。「協力すれば、ここは忘れてやる」

長田のため息は背で聞いた。

午後六時前に着いたが、すでに大塚は取調室にいた。

「訊問をお願いします」

入るなり、一川に言われた。苦手なのか。聞き込みでは積極的に行動し、みずから事情を訊くのに、高島秀一の訊問もまかせられた。

きょうはプラスチックの茶碗がある。アルミの灰皿は大塚の要望か。名目は任意の事情聴取だ。本人が出頭したことで、一川がそれなりの配慮を示したか。

大塚の正面に座し、警察手帳を開いた。

「牛込署刑事課の岡野だ。顔は見てるな」

岡野はにやりとした。

大塚も目で笑った。

「日テレの坂をだるそうにのぼってた」

「けっ」

岡野は口元をゆがめた。大塚にも配慮はしない。少年時代に四度の補導歴と、恐喝および傷害で執行猶予付きの有罪判決、暴力行為の起訴猶予の前歴がある。

「訊問を始める。大学生の高島秀一が訊問を受けたのは知ってるな」

「知らん。けど、俺が呼ばれたんや。想像はしてた」

顔つきやもの言いに余裕を感じる。誘導訊問には乗らなかった。

岡野は遠回りすることにした。隙を見せたときに楔《くさび》を打つ。

「TMRはなんの会社だ」

「マーケットの調査をしてる」

「名簿屋じゃないのか」

「それも事業のひとつや」

「名簿屋ってのは儲《もう》かるのか。個人情報一万件でも売値は数千円と聞いたが」

「薄利多売よ。なかには高値で売れる商品もある」

「特殊詐欺の連中に売るネタか」

「あんた」大塚が両肘をデスクにあてた。「二課の回し者かい」

「二係だろう。ここは所轄署だ。が、そんなことはどうでもいい。『すみれ』の店主……被害者の個人情報はどこから入手した」

「愚問や」姿勢を戻した。「ラーメン業界の情報はそこら中にあふれとる」

口が達者だ。煮ても焼いても食えそうにない。

「本題に入る。被害者を監視したのはTMR社長、小泉隼也の指示だな」

「そうや。けど、被疑者でもない人を呼び捨てにするな」

「被疑者だ」きっぱり言った。「おまえも高島も……捜査の枠の中にいる」

「ふん」大塚がポケットをさぐった。「喫うぜ」

煙草をくわえ、ライターで火をつける。

岡野は視線をずらした。

その先で、一川がこまったように眉尻をさげた。

大塚の態度とみじかいやりとりでわかったことがある。おなじ前科者でも先ほどの長田とはものが違う。大塚は性根が据わっている。

「監視の目的はなんだ」

「勝手に推測せえ。恐喝未遂でパクるなら証拠を見せんかい」

思わず腕が伸びた。ジャケットの襟を摑《つか》み、引き寄せた。

「舐めるなよ。チンピラが粋がるな」

「放せ。皺《しわ》になるわい」

口は減らないが、手はださない。冷静なのだ。

岡野は手を放し、姿勢を戻した。

「『すみれ』に入ったことは」

「ある。様子を見に行ったら、まじめな顔で仕事してたわ」

「被害者のマンションも常時、監視していたのか」

「バイトの高島と交替でな。けど、常時やない。俺も人間や。寝な、身体が持たん」

「被害者は店を閉めたあと、まっすぐ家に帰っていたそうだが、間違いないか」

「俺らが監視してる間はな」

「被害者を訪ねて来た者はいるか」

「わかるわけないやろ。エントランスにも入ってへんのや」

「帰宅したあと、外出もなかった」

「ああ。あの夜だけは違ったようやが……俺もドジを踏んだ」

「ドジ……そうだな。うまく行けば、強請る相手が増えた」

「勘違いするな。警察の感謝状をもらい損ねたという意味や」

「ぬかしてろ」

吐き捨てるように言った。神経を逆なでされている。

「アリバイを聞こう」

「何時や」

即座に言った。やはり、誘いには乗らない。頭の回転も良さそうだ。

「午前〇時から同四時の間だ」

司法解剖の結果、死亡推定時刻は午前一時から三時の間に絞られた。それでも、大塚には前後の時間帯の行動を喋らせたい。

「〇時前、高島を帰すために電話した」大塚がふりむき、一川に話しかけた。「正確な時間が知りたけりゃ、俺のケータイを見な」

「あとでいい」

一川がぶっきらぼうに言った。一川も不機嫌なのだ。顔が締まっている。

岡野は訊問を続けた。

「そのとき、どこにいた」

「家におった」

大塚は港区麻布十番に住んでいる。『すみれ』までは車で十五分ほどの距離だ。

「そのあとは」

「風呂に入ってから女を呼んだ。デリヘルや」

「その電話番号もケータイの履歴に残ってるのか」

「ああ。九十分……時間が余ったさかい、二人でゲームしてたわ」

「女が部屋を出たのは」

「知らん。女に聞かんかい。出る前に電話してた」

デリバリーヘルスの女は車で移動する。客の家やホテルにいるあいだ、運転手は近くの路上で待機する。客とのトラブルにすばやく対応するためと聞いている。

供述のウラを取る必要もなさそうなもの言いだった。

大塚が煙草を消した。

「もうええんか」

「ひさしぶりの取調室だろう。のんびりしろよ」

「腹が減ったんや」

「俺もだ。が、あいにく、ここは出前がとれん」

「なら、早いとこ済まそうや」

言って、大塚はお茶を飲み、また煙草を喫いつけた。

岡野はゆっくり首をまわしてから口をひらいた。

「先週水曜のことを訊く。被害者は午後二時過ぎに『すみれ』を出て、店の前でタクシーに乗った。そのときの様子はどうだった」

大塚が首を傾ける。記憶をたぐるようなふうだった。思わぬ質問だったか。

「ようわからん。こっちもタクシーを拾うたからな」

「飯田橋の水上レストランに入るときはどうだった」

「あわてる様子はなかった。周囲に神経を遣うような仕種も……もっとも、俺はうしろを歩いてたさかい、実際のところはわからん」

けさ、有楽町のTMRに行く前、飯田橋の水上レストランに寄った。牛込署から徒歩十五、六分の距離にある。従業員は開店準備に追われていた。濠の上のオープンテラスなのだから清掃だけでもひと汗かくだろう。

被害者と高島と大塚の写真を見せたが、ひとりが高島の顔を見たような気がすると証言しただけで、被害者や大塚らが桟橋のどこに座っていたかも特定できなかった。客が料理やドリンクを運ぶセルフシステムだからだ。

座った席を特定できたとしても指紋等の採取は困難と思えた。白木のテーブルと椅子は雨風にさらされている。五日も経てば遺留品は跡形もなく消える。

「被害者から離れた席に座ったそうだな」

「ランチタイムが過ぎて、桟橋に客はすくなかった。どんな話をするのか聞きたかったけど、警戒されては元も子もない。で、距離を空けた」

「警戒される……そんな雰囲気があったのか」

「俺なら、遊びの場でも周囲に目を光らせる」

大塚が平然として言った。

岡野は呆れ顔を見せた。取調室で本性を隠そうともしない男は稀有《けう》だ。

「写真は撮ったよな。尾行していたのなら当然そうする」

「あたりまえや……と言いたいところやが、失敗してん。ケータイをむけたとき相手の男と目が合《お》うて……びびってしもうた」

「そんなタマか」

悪態をついた。完全に舐められている。

大塚が目で笑った。

岡野は一川を見た。

一川は両手をひろげ、肩をすぼめた。訊問する気はなさそうだ。


神楽坂のはずれにあるバーに先客はひとりだった。

「いらっしゃい」

白髪のマスターが笑顔をつくった。

「モエちゃんは休みか」

「卒業しました」

岡野はきょとんとし、すぐに納得した。大学を卒業したら辞める。モエからそう聞いたのを思いだした。三か月以上、足をむけなかったことになる。顔も身体もふっくらとしたモエが話し相手になってくれたから通っていたようなものだった。

「待たせたか」

声をかけ、右手のソファに腰をおろした。

「これがあれば何時間でも待てます」

吉村がグラスをかかげた。

「ネタをくれるのならの間違いだろう」

グラスに氷をおとし、キープしてある角瓶を傾けた。半分注ぎ、炭酸で割る。

城西調査事務所の吉村とは十年の縁になる。新宿署生活安全課の班長だったときに吉村が異動してきて、部下になった。

当時、岡野は〈口座担当〉だった。所管する飲食店、遊技場、性風俗店などからの、いわゆる〈袖の下〉を銀行に預け、口座を管理していた。キャッシュカードと口座通帳は持たされていなかったが、〈袖の下〉の一部をくすねるのは容易だった。

それとは別に、繁華街を巡回するたび、店から金品を受け取っていた。大抵は一万円のギフト券だが、パチンコホールや性風俗店は二万円プラス煙草ワンカートンか相当分の商品が相場で、それらの金品は上官に報告する必要がなかった。上官や署の幹部がそれを黙認したのは自分らが数倍もの〈袖の下〉を着服していたからだ。

吉村は、配属されてすぐ悪習になじんだ。なじみ過ぎて、度を越した。

金主とは細く長くが新宿署の裏の規律だった。吉村はそれを破った。監察官室に呼ばれて依願退職を迫られた。吉村は反論せず、部署内の悪習を暴露しなかった。

幸か不幸か、腐れ縁が続いている。

「なかなかのタマでしょう」

吉村がたのしそうに言った。

大塚に事情聴取するのは電話で教えた。訊問のさいの情報がほしかったからだ。何年か前には大塚に関する個人情報を渡したことがある。

「警察を舐めてやがる」

言って、ハイボールをあおった。胃が縮んだ。

「マスター、焼そば、作れるか」

「材料がなくて……出前をとりましょうか」

「どうする」

訊かれた吉村が手のひらをふった。マスターに声をかける。

「中華屋と蕎麦屋……どっちが早い」

「蕎麦屋はもう閉まってると思います」

午後九時を過ぎている。

「大盛りのチャーハンと餃子《ギョーザ》。スープは要らん」

マスターが固定電話の子機を手にした。

「若いですね」

吉村が茶化すように言った。

「夜食兼用だ」

「泊まり込んでるのですか」

「ああ。部署じゃ古参でも、捜査本部《チヨウバ》じゃペイペイだからな」

「立派なもんです。定年まで勤めあげられるのですから」

「皮肉か」睨みつけた。「それとも、感謝してほしいのか」

「とんでもない。俺のほうこそ、先輩の義理人情には感謝してますよ」

「あいかわらずの口だな」

如才ない男だ。それに気づいたときはすでに遅かった。監察官室に身内を売らず依願退職したのは将来を見据えてのことだった。いまはそう思っている。

吉村は意に介すふうもなく、煙草をふかした。

「大塚の心証はどうです」

「シロだな」ぞんざいに返した。「どんなイケイケ野郎でもあそこまでは突っ張れん」

「小泉にも任意同行、かけるんですか」

「あすにでも……俺は気乗りせんが、警部補殿がやる気だ」

「別件もありですか」

「ん」

「先輩は、本間強というプー太郎の個人情報を入手したそうですね」

「どこからその話を……」

声を切り、はっとした。依頼した元部下は新宿署時代の吉村の同僚である。

吉村がにんまりとする。

「本間にあたりましたか」

「そんなひまはない。何かの足しになると思ってのことだ」

さすがに、五反田にでむき、長田に会ったことまでは知らないだろう。

「助かりました」

吉村がわざとらしく息を吐いた。

「どういう意味だ」

「小泉に雇われてるんですよ。城西経由ではなく、直にね」

「小泉に訊問すれば、それがばれると心配してるのか」

「それはないです。城西の社長には筋を通しています。それに、俺を売れば……敵にまわせばどうなるか、小泉はよくわかってる」

「教えろ。どうなるんだ」

「やつは乾上《ひあ》がる。表の稼業も、裏のしのぎも」

「おまえが、小泉のキンタマを摑んでるとでも言いたいのか」

吉村が前かがみになる。

「やつのキンタマ、見たいですか」

「いらん」

つっけんどんに返した。吉村の誘いの裏には何かある。もう身に沁《し》みている。

「そう煙たがらず、これまでどおりギブ・アンド・テイクで……お願いします」

「なにを考えてる。小泉を護りたいのか、売りたいのか」

「どうしますかね」他人事《ひとごと》のように言った。おもしろがっているふうにも見える。「胸突き八丁……思案のし処でして」

「ばからしい」

吐き捨てるように言った。

「毎度」と声がして、出前持ちが入ってきた。

「こっちだ」

岡野は声をかけ、財布をだした。千四百三十円を払い、領収書を受け取った。この店の飲食代金も経費として精算してもらう。警察組織は経費にはうるさいけれど、捜査本部に詰める捜査員の精算書にはあまくなる。

吉村が手を伸ばし、白衣のポケットから割箸を一本ぬいた。

岡野がチャーハンを半分食べるうちに餃子が半分になった。吉村の行儀の悪さは慣れているが、むしゃむしゃと音を立てるのにはいつも閉口する。

吉村がハイボールで口を漱《すす》いだ。

岡野は楊枝をくわえた。近ごろは歯茎が痩せ、歯並びが悪くなった。

「捜査は進捗してるのですか」

吉村が訊いた。

「はかばかしくない。大塚を帰したあと会議に出たが、皆が冴《さ》えない顔をしてた」

「容疑者はうかんでない」

さぐりを入れるようなもの言いがひっかかった。

「おまえはどこまで知ってるんだ」

「だいたいのことは……被害者が指名手配中なのも知ってました」

「それでも元警察官《デカ》か」

「俺をクビにしたところですよ」

聞き流した。つぎのひと言はわが身に刺さる。

「小泉は被害者を強請るつもりだったのか」

「どうでしょう。俺も訊いたけど、はぐらかされた。大塚には酔狂と、『スマイル』の高島にはなりゆきとほざいたらしい。小泉の胸の内は何年経っても読みづらい」

「小泉に何を依頼された」

「麴町駅での傷害事件の概要と木田の経歴……小泉は、開店資金の出処に目をつけたのかもしれません。開店前にはアパートから家賃十八万円のマンションに移った。捜査本部も木田の経歴は把握してるでしょう。『すみれ』をオープンする数か月前まで、木田は新宿のラーメン店の従業員で、開店資金を貯《た》めるほどの収入はなかった」

「小泉は犯罪のにおいを嗅いだわけか」

「たぶん……で、どうなんです。カネの出処はわかったのですか」

岡野はゆっくり首をふった。その件は敷鑑班の別の連中が追っている。

先刻から気にしていることがある。それが声になった。

「ほかに依頼されたことは」

「被害者の通話記録を入手するよう頼まれました」

「やっぱり、おまえか」

「ばれたのですか」

「俺が気づいた。手続きの書類を提出するさい……三日前に、大崎署の生活安全課《セイアン》の係長が捜査上の理由で木田の通話記録を入手していた」

「そのことを……」

「上には報告してない。理由はわかるな」

「ええ。ひとつ穴の狢《むじな》ですからね」

「おまえというやつは……売った恩義を死ぬまで飯のタネにする気か」

「縁は後生大事にする性質《たち》でして」

吉村が澄まし顔で言う。

唾を吐きかけたくなる。が、むろん、できない。世間から見れば同類なのだ。

どうやって腐れ縁を断とうかと思案したのは、退職した吉村から警察情報の持ちだしを頼まれたときだった。しかし、それが二度三度と続くうち麻痺してしまった。残ったのは吉村への嫌悪感だけである。

「通話記録から容疑者はうかんでないのですか」

「木田は電話で呼びだされ、現場にむかったと思われる」月曜の午前〇時四十三分、木田に電話をかけた者がいる。「電話番号はわかったが、その携帯電話の所有者は不詳……〈飛ばし〉だろうな」

話しているうちにひらめいた。

「ところで、先週水曜の昼、木田が何者かに呼びだされたのを知ってるか」呼びだしたと推定される電話番号の所有者も不詳だった。「大塚はあとを尾けたそうだが」

岡野が眉をひそめた。

「知らんのか」

「初耳です。呼びだした男の素性を、大塚は喋ったのですか」

「撒かれたそうだ」

「……」

「おまえ、小泉の信頼は得てないようだな」

吉村が苦虫を嚙み潰したような顔を見せた。

岡野は、わずかばかり溜飲《りゅういん》をさげた。

★　★

小泉は、西新橋『京の里』の座敷にあがった。きょうはひとりで来た。

城西調査事務所の豊川はすでにいて、うかない表情で手酌酒をやっていた。

「急に呼びだして、すまない」

声にも元気がない。

「おこしやす」

女将はいつもあかるい。おしぼりと品書を持ってきた。

「菊正宗を常温で。鱧のおとしと煮アナゴ焼き……あとはまかせます」

「かしこまりました」

言って、女将が去った。豊川の表情を読んだのか、女将は口数がすくなかった。

「聞いたよ」豊川が座卓に片肘をついた。「騒動に巻き込まれてるそうだな」

「騒動ではなく、事件です。誰に聞いたのですか」

吉村の名がうかんだ。が、城西調査事務所には常務をふくめ、元警察官の社員が五名いる。非常勤の調査員三名も前職は警察官と聞いた。

「常務の坂井《さかい》だ」

豊川が顔をしかめた。

そこへ、女将が徳利と盃を運んできた。

小泉は自分で酒を注ぎ、盃をあおった。

「常務はなんと」

「TMRとの取引を停止してはどうかと進言された」

「いきなり、停止ですか」

「そうだ。マスコミにでてからでは手遅れになると」

「わかりました。ご迷惑をおかけ……」

「待て」豊川がさえぎった。「早とちりするな。わたしは進言を受け容れなかった」

小泉は口をつぐんだ。

「まず、おまえの話を聞きたい。面倒になりそうなのか」

「面倒になるか、するか……警察の腹ひとつです。けど、俺も社員も、殺人事件には関与していません」

小泉は、これまでの経緯を簡潔に話した。

途中で鱧おとしが来たが、手をつけなかった。食欲が湧かない。

豊川が腕を組んだ。厄介事を塗りかさねたような顔になった。

仕方がない。自分から疑念を口にした。

「常務は、警察がＴＭＲを的にかけるとの情報を得たのですか」

「断言したわけではない。だが、心証が悪いと……捜査本部には、ほかの部署に協力を要請してはどうかという意見もあるらしい」

「はっきり言ってください」声を強めた。「専従班のことですか」

警視庁には特殊詐欺専従班が設置されている。刑事部捜査二課を核に、組織犯罪対策部や生活安全部などから選抜された混成部隊である。標的は詐欺組織だが、それらとつながる名簿業者や人材派遣会社も監視対象下にあるという。

豊川が渋面を上下させた。

「常務はＴＭＲの実態を知っていたのですか」

「どうだろう。坂井がその気になれば調べることは容易なのに、これまでＴＭＲに関する話はなかった。けさ、いきなり、取引停止を言われたのだ」

豊川もＴＭＲの裏稼業を正確に把握しているわけではない。しかし、大阪時代の小泉の悪行は知っている。それはお互い様だ。表沙汰にできない面倒がおきると、豊川は小泉の後見人ともいえる、神俠会幹部の竹内を頼っていた。

あれこれ思案するのは面倒だ。誰が蒔《ま》こうが、不安の芽は自分で摘み取る。

「当面、取引は停止しましょう。こうして会うのも控えます」

「それはこまる」

豊川がぼそっと言った。

癇にふれた。顔を近づける。

「どうこまるのですか。ＴＭＲとの取引など微々たるものじゃないですか」

「そういうことではなくて……例の話がある。わたしは諦めていないのだ」

「ばかなことを。常務だけじゃなく、役員全員を敵にまわしますよ」

「もう……」

豊川が声を切り、盃を空けた。

小泉は豊川を見据えた。なにかに窮しているのは感じとれた。

また酒を飲み、豊川が視線を合わせる。

「じつは……わたしには息子がいる」

「知っています。矢野《やの》俊太《しゅんた》、三十歳。大手広告代理店に勤務……ですね」

「そうか、やはり知っていたか」息を吐いた。「それなら話がし易い」

そう言いながらも、豊川は思案顔を見せた。

料理が来た。煮アナゴ焼き、鱧の子と野菜の煮物、香の物。二人とも食が進まないのを察し、あっさりしたものを選んだのだろう。女将は無言だった。

小泉は鱧の子をつまんだ。ほのかな甘みが口中にひろがる。

豊川が口をひらいた。

「能力に見合った会社に入れるべきだった。社内で厄介者扱いされているらしい」

「城西に迎えるつもりですか」

「いろいろ考えたが……本人も、わたしの下で働きたいと言っている」

「いつのことです」

声に棘《とげ》がまじった。神経がささくれかけている。

「相談されたのはことしの二月……」豊川が顎をあげた。「勘違いしないでくれ。おまえに持ちかけた合併の件とは……」

「切り離せるわけがないでしょう」

合併話を聞いたのは三月だった。息子に相談されてひと月も経っていないだろう。

「息子にはむりだ。専務の野村《のむら》は支えてくれるだろうが、ほかの役員は……社員も反発するのは目に見えている」

「俺に譲らせる。跡を継ぐまでのつなぎ役ですか」

「それはない」豊川が顔の前で手のひらをふった。「信じてくれ」

ふざけるな。怒鳴りたいのを堪えた。

「息子さんの件と合併話……社内で知ってるのは誰です」

「野村ひとりだ。おまえに話す前に相談した。野村は信頼できる。秘書時代の部下で、息子のことも生まれたときから知っている」

豊川が酒で間を空けた。

「野村は、息子のことも、合併の件も了承してくれた」

頭の片隅でひらめいた。それが声になる。

「常務はどうです。話さなかったということは……信頼してない」

「認める。このさいだから、正直に話す。坂井がわたしの跡を狙っているのはうすうす気づいていた。つい先日、六月十五日の役員会でわたしへの退陣要求という動議をだすというわさも耳にした」

「あなたのことだ。手は打ったんでしょう」

「役員で警察出身は坂井ひとり。だが、社内では警察族が幅を利かせている。業務の性格上、警察情報と警察人脈をあてにしてきたツケともいえる。わたしには拒否権があるが、社員の総意ということになれば、とても……」豊川が何度も首をふった。「警察族の中でも清田《きよた》は露骨な根回しをしている。おまえの今回の件も……清田は、ＴＭＲが犯罪組織とつながっているとのうわさを流していると聞いた」

小泉は首をひねった。きょうの豊川は喋りすぎた。訊かないことまで喋る。土壇場に追い詰められているのか。助けを求めているのか。ほかに意図があるのか。

聞けば聞くだけ、心が寒くなりそうだ。

「清田は、坂井が組織犯罪対策四課《ソタイ》の管理官だったころの部下だ。ついでに言えば、おまえがお気に入りの吉村は清田の推薦で雇った」

勘違いです。声になりかけた。カネで割り切る者を優先しているにすぎない。

ふいに、吉村とのやりとりがうかんだ。

──ところで、城西の社長と会ってるのか──

──ここのところ、ご無沙汰や……城西に気になることでもあるんか──

──そういうわけではないが──

吉村にしてはめずらしく歯切れが悪かった。

だが、推測はひろがらなかった。沢庵を齧《かじ》り、酒で飲み下した。

豊川が顔を寄せる。

「わたしとしては、合併事案を前に進めたい」

「爆弾を抱くようなもんです」

「おまえがウンと言ってくれれば……これは竹内さんに相談した上での……」

「聞きとうない」声を張った。「世話になってるけど、俺はフロントやない」

むきだしの関西弁に、豊川が目を白黒させた。

「竹内さんには筋をとおす。あんたとの縁はきょうかぎりにさせてもらう」

「そ、そんな……」

豊川の声が裏返った。

小泉は腰をあげた。

「待ってくれ」

豊川があとじさり、正座に直した。

「このとおりだ」顔が座卓に隠れた。「助けてほしい。頼む」

他人のつむじは見たくない。己のつむじは見せない。

無言で座敷を出た。

階段をのぼり、路上に立って空をあおいだ。黒雲が帯状に流れている。

女将が追ってきた。

「これ、お腹が空きはったら食べてください」

渡された紙袋の中には一本の鯖鮨《さばずし》が入っていた。


背にふれていた手が前にまわった。

「どうしたの」

三岐子が言った。息が乱れている。

「あんな激しいセックスは初めて」

「たまにはええやろ」

そっけなく返し、小泉は身体を起こした。ソファに移って煙草をふかす。

三岐子も来た。レモンカラーのパジャマの上だけ着ている。缶ビールとグラスをテーブルに置き、小泉の斜め前に腰をおろした。

「来て、いきなり……煙草も喫わなかった」

「いま喫うてる」

「味は……機嫌が悪いときは煙草も不味《まず》いと言ってたよね」

「まあまあや」

三岐子が首をすくめ、プルタブを引く。

小泉はビールを水のように飲んだ。身体にこもる熱は冷めそうにない。

三岐子がグラスを傾けた。白い咽が照明にきらめいた。

「話してくれないのね」

「この部屋に面倒は持ち込まん」

つい、声になった。

三岐子は何も言わず、見つめている。やさしいまなざしだった。

「おまえのほうはどうや。人間不信は消えたんかい」

「そんなこと言ったっけ」

「顔に描いてあった」

「わたし、単純なのね。それとも、あなたに油断しすぎなのかな」

「どっちも違うやろ」

言ったあと、まよった。単純と油断。それと異なる単語がうかばない。

三岐子がつぎの言葉を目で催促した。

やはり、思いつかない。話題を変えた。

「オフィスは無事か」

「なんとか。元には戻らないと思うけど」

不安な表情には見えない。三岐子への逆風は弱まったような気がした。それでも己の意思は変わらない。迷っても己の決断には従う。

「事務長の内田奈緒か」

三岐子が目をぱちくりさせた。

「電話で二人三脚と」

「そっか……彼女、辞めると思う。引き止めないことにした」

「都の職員が来たことが原因か」

「どうかな」三岐子が小首をかしげた。「初めはそう思ったけど……」

「データベースの管理責任者やと言うたな」

「ええ」

「個人情報の流出を疑われたんか」

「疑うまでは行かなかったわ」

「ほかに、誰がデータベースにアクセスできる」

「パスワードはわたしと彼女しか……でも、端末情報は職員の皆が閲覧できる。そうでなければ仕事にならないもの」

「そうやな」

さらりと返した。心配事のひとつは消えた。

キャピトルホテル東急のバーで話しているとき、二人三脚という言葉がうかんだ。

あの翌日、NPO法人・HWYGの個人情報が市場に出回っているかどうかを調べた。会員の個人情報が流れていた。この数か月のことで、内容は三岐子がよこす資料とおなじだった。TMRの商品とは異なるのは一目瞭然だった。

だが、内田の関与を教えれば三岐子が傷つく。ひそかに手を打つか迷っていた。

煙草を消し、腰をあげた。

クローゼットを開け、さっき脱いだスーツを着る。ほかの服にはビニールが被さっている。三岐子は頻繁にクリーニングにだす。洗濯もまめにする。

自分の衣服を眺めてから、クローゼットを閉じた。

直後に、吐息が聞こえた。

「いぬわ」

「見ればわかるよ」

三岐子が目元を弛めた。ぎこちない笑みに見えた。

「しばらく近づかん」

玄関にむかった。三岐子がついてくる。

「電話にはでてね」

「気分次第や」

言って、ドアを押し開けた。やたら重く感じた。

★　　★

秀一は、マンションの玄関を出て、ふりむいた。
三階の端が山田里菜の部屋だ。
三日泊まった。イタリア料理店のあと、ショットバーに連れて行かれた。ワインとハイボールを飲み過ぎた。あかるく振舞う里菜にも酔った。取調室での張り詰めていた神経が弛んだせいもある。

バーを出たあとのことは記憶にない。めざめたら、となりに里菜がいた。

ずっと部屋にいた。きのう里菜は夜間にでかけたけれど、秀一は誘われなかった。携帯電話の電源は消していた。おととい の朝に見た着信履歴の画面は父の電話番号ばかりだった。母からのメールもあった。が、無視した。

テレビを観て、そばに里菜がいれば抱きついた。何度も勃起した。里菜の舌遣いは巧みだった。セックスの経験が浅い秀一にもそれくらいはわかる。

疲れ果てては眠った。夢の中でも笑顔の里菜がいたような気がする。

きょうも居たかったが、里菜に説得された。

——おとうさんに会って話さなきゃだめよ。男なんだから逃げないの——

母親にたしなめられている気分になった。それでも離れたくなかった。親と顔を合わせるのがうっとうしかった。あした帰る。きょうの夜に帰る。ダダをこねた。

——わたしにもプライベートがあるの。一緒には住めないのよ——

強い口調が胸に刺さった。それで諦めた。

見あげた先、ベランダに里菜がいないのがさみしかった。

——キャバクラってそんなに稼げるの——

きのうの言葉がうかんだ。

家賃は教えてくれなかったが、東急東横線自由が丘駅の近くの１ＬＤＫである。築五年らしく、里菜は二年前から住んでいるという。

実家のことや私生活のことをあれこれ訊いた。

そのたび、里菜はうんざり顔になった。

――週二回、六本木のキャバクラに勤めてるの――

ついには、面倒そうに言った。

舞いあがっていたことに気づき、ばつが悪くなった。が、長くは尾を引かなかった。ベッドでの里菜はやさしかったからだ。

部屋に戻りたい。里菜がベランダにいればそうしたかもしれない。

ため息が洩れた。

「おお」野太い声がした。「奇遇だな」

牛込署の岡野が腹をゆすりながら近づいてきた。捜査一課の一川もいる。

秀一は顔をしかめ、離れようとした。だが、岡野に腕を取られた。

「そうつれなくしなさんな」

「授業に遅れそうなんだ」

「服がおなじだね」

「……」

声がでなかった。

岡野がにやりとした。

秀一は逃げるようにしてその場を去った。

思い直し、路地角を曲がったところで立ち止まり、来たほうを覗き見た。

岡野と一川が里菜のマンションに入って行く。

誰を訪ねるのか気になった。けれども、足が動かない。

携帯電話の音がして、身体がはねた。部屋をでるとき、里菜が秀一の携帯電話を取って電源を入れたのを失念していた。母からだ。躊躇《ちゅうちょ》したあと、耳にあてた。

「なに」

《なにじゃないわよ》

鼓膜が破れるかと思った。

《どこにいるの。すぐに帰って来なさい》

「これから帰るよ」

《三日も連絡なしで……》声がふるえた。《警察に捕まったんじゃないかと……》

「そんなわけないだろう。友だちの家に泊まってたんだ」

《電話くらい……早く帰りなさい。とうさんも待ってるから》

「わかった」

通話を切り、駅にむかった。頭の中は混乱している。母の声に気が咎《とが》めながらも、岡野が訪ねた先に気がむいている。
駅に着く直前、また携帯電話が鳴った。大塚からだ。すぐにでた。
「大丈夫ですか」
《なにがや》あかるい声だ。《心配なら電話してこんかい》
「ちょっと気まずくて……」
《べらべらと喋ったようやな。まあ、ええ。話がある。会えるか》
「家に帰るところです」
《女の家にしけこんでたんか》
「そんな……用件はなんですか」
《再契約や》
「はあ」
足が止まった。目の前に改札がある。
《社長がヒデを雇えと……やさしいやろ》
「でも……」
言葉に詰まった。もうかかわりたくない。
《条件は前回とおなじや》
気持が動いた。一万円の日当は魅力的だ。

イタリア料理店の飲食代金は二万四千円だった。里菜がカードで支払った。十万円持っていながら、俺が、と言えない自分が情けなかった。記憶にないが、ショットバーもタクシー代金も里菜が支払ったのだろう。

「今度は何をするのですか」

《その話や。四谷で会おう。時間はとらせん》

「わかりました。けど、もうあぶない仕事は……」

《あれは想定外の、不可抗力や。ええから、来い。社長の恩情を粗末にするな》

「わかりました」

ため息まじりの声になった。

東京メトロ丸ノ内線の四ツ谷駅改札で待ち合わせることにした。

★　★

1LDKのリビングは二十平米以上ある。五十インチのテレビとオーディオ機器。ベランダのガラス戸と出窓の端に括《くく》られたブラウンのカーテンも、フローリング中央に敷かれたグレーとオレンジカラーのカーペットも安物でないのはわかる。

ブラウンとオフホワイトのストライプ柄のラブチェアは遠慮し、岡野はカーペットに胡坐をかいた。一川はベランダに立っている。高島秀一が気になるようだ。

それにしても、里菜が玄関にあらわれたときは腰をぬかしそうになった。青天の霹靂《へきれき》である。一川の瞳は固まっていた。

里菜がトレイを運んできた。テーブルをはさんで、岡野の正面に座し、ペットボトルの黒烏龍茶を三つのグラスに注いだ。

「嫌いでしたら、ミネラルウォーターもありますが」

言って、グラスを岡野の前に置いた。

「いや、結構」ひと口飲んだ。よく冷えている。「美味いですね」

そこへ、一川が戻って来て、二人の間に腰をおろした。

高島のことを訊くのかと思ったが、そうではなかった。

「この男性を」一川が大塚の顔写真をテーブルにのせた。「ご存知ですか」

「知ってます」

里菜はためらいもなく言った。

岡野は眉根を寄せた。里菜は刑事が訪ねてくることを知っていた。が、里菜にも里菜の雇い主にも大塚の名はださなかった。

二時間前、新宿署生活安全課の協力を得て、歌舞伎町にあるビルの一室を訪ねた。

ドアには『前田企画』のプレートがあった。ネットや投函用チラシには《高級デリヘル・貴方まかせ》とある。九十分四万七千円は、たしかに高級なほうだ。都内には常時、七百超のデリヘル店があるといわれているが、複数店を持つ経営者が大半で、その実数は警察も把握できていない。デリヘル嬢も複数店に登録している。

——それは五万円のお店から声をかけられるほうがいいけど、急ぎのおカネがいるときは一万円の仕事に行くこともあるわよ。おかげで、このはめだけど——

ラブホテルで客から暴行を受けたあげく、財布を盗られた女は、救急病院の長椅子に座り、そう話した。恐怖よりも悔しいという口ぶりだった。

「山田里菜という子がいるそうだね」

「ご指名ですか」店長を名乗る男に茶化された。「当店の売れっ子です」

警察に慣れているのだ。〈袖の下〉を使っているのはわかる。岡野も生安部署にいたころは袖がふくらんだ。稼業に関しては不問に付すという条件で協力したのだろう。同行した新宿署の警察官にもそれらしいことをにおわされた。

「客のことで話を聞きたいのだが」

「お名前は」

「教えられるわけがないだろう」

「その客があなた方の捜査にかかわってるのは間違いないのですか。それをはっきりしてもらわないと……なにしろ、売れっ子に辞められたら痛手なもんで」

「おい」目と声で凄んだ。「くだくだぬかすな。家宅捜索《ガサ》かけられたいのか」

「岡野さん」新宿署の男が割って入る。「面倒は勘弁してくださいよ」

言って、店長にも声をかけた。

「さっさと済ませろ」

「わかりましたよ」

ふて腐れて言い、店長は携帯電話を手にした。短縮ボタンを押す。

「でないので、メールにします」

勤務時間外の電話は避けているのか。

性風俗にかかわる連中は仕事でメールを使わない。記録に残るからだ。電話なら相手の電話番号と通話時間がわかるだけで会話の内容は知られない。

《ある事件で、刑事さんが話を聞きたいそうだ。何時なら会える》

すぐに返信が来た。

《大丈夫ですか》

《心配ない。うちの仕事とは関係ないからね。協力してくれ》

《わかりました。一時間後、自宅で待っています》

やりとりは一々チェックした。闇稼業の連中は符丁を使うこともある。

そとに出たところで新宿署の男と別れた。

駅にむかって歩きだすや、一川が話しかけた。

「あれ、どういう意味ですか」

――おわかりでしょうが、うちの仕事の邪魔はしないでくださいよ――

新宿署の男は、別れ際にそう言った。

「仕事の邪魔とはどういうことですか」

「稼ぎの邪魔と言い違えたんでしょう」

デリヘル店長から〈袖の下〉を受け取っているのは見え見えだった。

「稼ぎって……」一川が目を白黒させた。「賄賂ってことですか」

「ほかに何があります。皆、やってますよ。額はまちまちだけど」

「そんなこと、よく言えますね」

「自分も生安が長かったもんで……気に食わないのなら、コンビを解消したいと上に頼まれてはどうですか」

岡野は言い置き、足を速めた。

一川が訊問を続ける。

「この男性の名前は」

「大塚さん」

「あなたの常連ですか」

「リピーターよ」あっけらかんと言う。「もう半年になるわ」

「何回くらい」

「どっち」語尾がはねた。「呼んでくれた回数よね。二十回未満かな」

岡野は頭で計算した。半年で百万円近く使ったことになる。

かつて接触したデリヘル嬢らの話を思いだし、声になった。

「直取引は頼まれなかったのか」

性風俗に慣れた客は、好みの女に会えば直取引を求めることがあるという。ありていにいえば値引き交渉だ。一回の料金を減らし、呼ぶ回数を増やそうとする。デリヘル嬢も、安心と思う客には直取引に応じる。自分から直取引を求めたという女もいた。彼女らの収入は客への請求額の約六割だから、七掛けにしても得をする。

「一度もない。そんなみっともないまね、する人じゃないもん」

「ほう」声が洩《も》れた。「値切る男はみっともないか」

「あたりまえよ」

言って、細いメンソールをくわえた。デュポンで火をつける。

かたわらの空気清浄機が稼動した。

「そんな男は手抜きするわ」

「手で抜くのか」

　里菜が声にして笑った。

「おもしろいね、刑事さん」

　意味がわからないのか、一川はきょとんとしていた。

「大塚とは本気か」

「さあ」里菜が紫煙を吐いた。「本気なら本番しても犯罪にならないの」

　セックスなしのデリヘルを呼ぶばかがいるのか。

　声にはならない。なんとなく、馬が合う。

「なる。小遣いとは言えん。経営者がピンハネしてるからな」

「そっか。直取引にすればよかった」

　里菜は悪びれるふうもない。

　一川が口をひらいた。

「五月二十四日の日曜、大塚に呼ばれたそうだね」

「ええ」

「何時ごろ」

「正確には憶えてないけど、深夜よ。事務所に訊いて」

訊いても答えない。デリヘル経営者は証拠になるものは残さない。顧客台帳を作ってい
ても家宅捜索に備えて秘密の場所に保管している。

だが、里菜が大塚といた時間はわかっている。大塚と里菜の通話記録を調べた。

「ずっと大塚の部屋にいたの」

一川のもの言いはやさしい。男にもそうだ。いらいらする。

「そうよ」煙草を消した。「飲みに行くと思う」

「午前一時五十三分、君は搬送者に電話してる」

「搬送者……」里菜が目をまるくした。「わたし、荷物なの。運転手でしょう」

「申し訳ない。で、君が部屋にいるとき、大塚は電話しなかったかな」

里菜が首をふる。

「君が部屋を出るときの、大塚の格好は」

「どうしてそんなこと……Tシャツに、短パンだった」

「でかける様子はなかった」

「うん。わたしが出るときもゲームしてた。またな、のひと言でバイバイよ」

「なにか言ってほしいのか」

岡野が訊くと、里菜が目を細くした。

「そうね。たまには」

「大塚はあんたのフルネーム、それも本名を知っていた」

「あの人にだけは教えた。学生証を見せたの。絶対に安心だって思うもん」

「やつの職業を知ってるのか」

雑なもの言いになった。

「知らない。でも、まともな仕事の人じゃないよね」

「どうしてそう思う」

「話もすることも自然体だもん。自分を飾ってない。ほかのお客さんとは違う」

「なるほどな」

岡野は感心した。人を見る目はありそうだ。

高島はどうだ。そのひと言は控えた。


東京メトロ有楽町線豊洲駅で降りた。

のんびりとした風景がひろがっている。昼下がり、土曜の路上に人はすくない。豊洲新市場とは反対方向へ歩き、枝川の住宅街に入った。

岡野は、二階建てアパートのメールボックスの前に立った。二〇一号室のそれに〈斉藤〉の名がある。麹町駅構内で被害者に殴られた斉藤洋の部屋だ。

事件発生当日の昼下がり、新富町にある勤務先を訪ねて以来なので五日ぶりになる。第印象はおとなしそうで、木田が殺害されたと教えたときは顔が青ざめた。

酒の勢いなのか、本性を隠しているのか。被害者に突っかかったとの証言が嘘のような表情と雰囲気で、腰も低く、受け答えは丁寧だった。

——ああいうタイプなんですよね。無差別殺人事件をおこすのは——

喫茶店での訊問をおえたあと、一川が独り言のようにつぶやいた。

だが、一川は斉藤に執着しなかった。

その夜の第一回捜査会議で報告したが、捜査員の反応は鈍く、アリバイ証言のウラを取ることと、身辺調査をすることを確認し、斉藤の案件は短時間でおわった。

ふたたび斉藤が議案にあがったのは昨夜の会議だった。

斉藤は消費者金融四社に借金していた。多重債務だ。自宅近くのコンビニ店員から、毎週、競馬予想紙を買いに来るとの証言を得た。

捜査本部は自宅周辺の防犯ビデオを回収し、解析を始めた。すでに回収済みの犯行現場周辺を走行したタクシーの防犯カメラの映像解析も急いでいる。

その結果がでるか、新証言を得るまでは慎重な捜査に徹することも確認した。

一川がドア脇のチャイムを鳴らす。すぐ声がし、斉藤があらわれた。Tシャツに七分丈のクロップドパンツ。髪はぼさぼさ、無精髭がめだつ。

中に入った。六畳の和室には中央に長方形の座卓、スチール製の書棚、小型のテレビ。

レースのカーテンは黄ばみ、クッションは薄汚れていた。

岡野は畳に座ってから訊いた。

「となりの部屋は」

「四畳半……布団だけです」

「ひとり暮らし」

「そう。出張が多くて……一年前に別れて以来、女っ気なしです」

斉藤が顔をゆがめた。自嘲の笑みに見えた。

一川があとを継いだ。

「家にまで押しかけて申し訳ないです。きょうは確認したいことがありまして」

「どんな」斉藤が喫いかけの煙草をふかした。「手短にお願いします」

競馬か。岡野は思った。テーブルのノートパソコンは電源を切ってあるが、ディスプレイは開いている。灰皿から吸殻があふれそうだ。競馬予想紙は隠したか。

「では、さっそく。先週のあなたの行動について、もう一度お訊ねします。あなたは、京都へ二泊三日の出張をし、金曜の夕方に帰社された。その夜は同僚と有楽町の居酒屋で飲食し、深夜に帰宅した。そこまでは間違いありませんか」

斉藤が頷いた。前回と異なり、どこか投げやりなふうに見える。

「土曜と日曜は、コンビニと近くの中華屋に行った以外、自宅にいたと証言された」

「そうだけど……俺、疑われてるの」

雑なもの言いになった。表情も変わった。

「いえいえ」一川が手のひらをふる。「そういうことではありません。アリバイのウラを取るのは、あなたのためでもあります」

「そう言われても……ひとりなんだから」

「よく思いだしてください。日曜の深夜にコンビニに行かれたとか、ないですか」

「そんな証言があるの」

斉藤の目が鈍く光った。

「例え話です。そういう証言があれば、あなたが家にいた証《あかし》になるでしょう」

一川は刺激しないよう神経を遣っている。

岡野は、刺激しないように見つめていた。

「ところで、日曜の夜に、風呂に入られましたか」

「どうだったかな」瞳がゆれた。「風呂がどうかしたの」

「未明に水の音が聞こえたと……それもアリバイの証明になるかもしれません」

斉藤が首をひねった。

「下の住人が喋《しゃべ》ったの」

「風呂に入られましたか」

「憶えてないよ」声に棘《とげ》がまじった。「下の人の空耳じゃないの」

「面識があるのですか」

「ときどき、深夜に音楽が聞こえる。迷惑なんだよな」

真下の部屋には錦糸町の酒場で働く中年女がひとりで住んでいる。彼女から、早朝に水の流れる音を聞いた、との証言を得た。

「先週、地方出張は京都だけでしたか」

「ああ」斉藤が頭を掻《か》いた。焦《じ》れている。「週の前半は都内の病院まわりと夜の接待……病院の先生は、とくに教授の肩書がある先生方はわがままが多いからね」

一川の質問の意図はわかる。被害者が飯田橋の水上レストランで会った男のことが頭にあるのだ。だが、そこまで追及すれば斉藤は被疑者扱いされているのを悟るだろう。逃亡や自殺のおそれもある。多重債務者の多くは精神を病んでいるという。

「わかりました。きょうはこのへんで……お邪魔しました」

岡野は丁寧に言い、目で一川を促した。

有楽町の高架下にある食堂で天丼を食べ、銀座二丁目へむかう。

ＴＭＲの小泉にアポイントメントはとってある。そのほうが都合がいいのか、土曜にもかかわらず、小泉は会社で会うことを要望した。

「オカさん、どう思います」

歩きながら、一川が訊いた。電車でも食堂でも話したそうな顔をしていた。

「斉藤ですか」

「ええ。自分は犯人のような気がしてきました」

岡野は答えなかった。心証はクロでも、腑《ふ》におちない点がある。

「オカさんは違うのですか」

「やつは、どうやって被害者にたどりついたのか……それがひっかかります」

「偶然見かけたのではありませんか。麹町署の捜査報告書には、斉藤は麹町で友人と飲食していたとありました。あの近辺の病院に足を運んでいるかもしれません」

その点については捜査本部の同僚が聞き込みを行なっている。

「大塚と高島が供述しましたよね。被害者は、毎朝八時前後に家を出て、『すみれ』にむかったと。水曜以外、営業中の外出はなく、閉店後はまっすぐ帰宅していた。偶然見かける確率は万分の一もないと思います」

「ゼロではありません」

一川が声を強めた。

だが、気にしない。他人の勝手だ。

「小泉のほうですが、監視の目的はなんだったと思いますか」

「カネのにおいを嗅いだんでしょう」

「高がと言えば語弊がありますが、逮捕されても実刑になりそうにない傷害事件が強請りのネタになりますか」

「なりません」

そっけなく返した。

取調室での大塚とのやりとりは覚えている。

――監視の目的はなんだ――

――勝手に推測せえ。恐喝未遂でパクるなら証拠を見せんかい――

傷害事件だけで強請るつもりなら、事実を知った時点で木田に接触したはずだ。

「では、ほかにも強請りのネタを見つけたということですか」

「見つけたかった。例えば、『すみれ』の開店資金……ラーメン屋の店員がわずか数年で自前の店を持った。被害者の両親も、自分らに資金援助する余裕はなく、開店資金はどう都合つけたのか、気になっていたと証言しました」

お店が順調のようなので忘れかけていた、とも言い添えた。

一川が思案げな顔を見せた。からかってみたくなった。

「俺ならまわりくどいことはしません。毎日、タダでラーメンを食わせてもらいます」

「えっ」一川の足が止まった。「本気で言ってるのですか」

「歌舞伎町で話したでしょう。忘れたのですか」

「自分らは捜一です。あなたもいまは……生安の人たちとは違います」

「おなじ警察官です」

突き放すように言った。


「いらっしゃいませ」

あかるい声に迎えられた。西村愛美ではない。が、顔は憶えている。

「土曜もお仕事ですか」

一川が訊いた。

「はい。毎週ではありませんが。どうぞ、こちらです」

女に案内され、社長室に入った。

デスクに男がいる。グレーのスーツに濃いブラウンのスリムタイ。デスクチェアーにもたれ、じっとこちらを見つめている。

「小泉さん」

「ああ」

「自分は捜査一課の一川と申します」

「となりは岡野巡査部長やな」

小泉が平然と言った。大塚から名前と風体を聞いたのだろう。

「観察は済みましたか」

言って、岡野はソファに座った。一川がとなりに腰かける。

「お飲み物は」女が訊いた。雰囲気に気圧《けお》されたか、表情が硬くなっている。「つめたいお茶でよろしいですか」

「お構いなく」

一川が答えると、女は一礼して去った。

「何を聞きたいねん」

小泉がソファに移ってきた。

岡野は前かがみになった。

「刑事を挑発するのが趣味ですか。社員にもそう教育してるのかな」

「大塚のことか。あいつは地や。俺は刑事が嫌いなだけや」

「ありがたい。警察官はくずに嫌われて一人前です」

嫌味を言った。小泉のぶしつけなまなざしに苛立《いらだ》っている。

小泉は表情を変えずに煙草をくわえ、火をつけた。

「ここは密談の部屋ですか。防音仕様のようだが」

オフィスの床はリノリウムなのに、女の靴音は聞こえなかった。

「どうでもええやろ。それより、訊問するんはどっちゃ」

「自分が」

岡野が答えた。オフィスビルに着く前、そうするよう一川に頼まれた。

「先に、アリバイを訊きます。五月二十四日の深夜は、どこで何をしていましたか」

「家で映画鑑賞や。証人は死んだ」

「えっ」

一川が悲鳴のような声を発した。

「片割れは生きとる。ケビン・コスナーや」

「ほう」岡野はにんまりした。「『ボディガード』を観てたのですね」

「ホイットニーの目つきがたまらん」

『ボディガード』はケビン・コスナーとホイットニー・ヒューストンが競演し、挿入歌の『オールウェイズ・ラブ・ユー』は大ヒットした。彼女が他界して三年過ぎた。

岡野は、公休日に外出する気がしない。趣味は映画で、それもハリウッドものだ。ただし一九七〇年代から二〇〇〇年くらいまで、CGを使った合成映画は観ない。

小泉が肘掛にもたれる。

岡野は訊問を続けた。

「どうして被害者を監視したのですか」

「俺が知りたいわ」

「まさか酔狂とは言わないでしょうね」

「興味が湧いたのは確かや。開店資金と賃貸契約料……博奕《ばくち》か女か犯罪か。道端でカネを拾うたんかもしれん。それを確かめとうなった」

「そんな理由で……」一川が怒ったように言った。「それを信じろと」

「本音を言うたまでや。俺はダボハゼやさかい」

「はあ」

一川が口をまるくした。関西の俗語を知らないようだ。

笑いがはじけそうになった。本音かもしれない。

岡野は真顔をつくった。

「質問を変えます。水上レストランで被害者が会った男のことを話してください」

「大塚に聞いたやろ。撒かれたと」

「ええ。でも、それで諦めたとは思えません」

「否定はせんけど、人相風体しかわからん男をどうやって見つけだす」

「大塚は写真を撮ってる。それは間違いない。尾行者なら誰でもそうする」

「刑事の発想やな。大塚は民間人や」

小泉がこともなげに言った。

また神経が疼《うず》きだした。だが、我慢は利く。小泉に会う目的は訊問だけではない。吉村とのやりとりが頭にある。

――小泉に雇われてるんですよ。城西経由ではなく、直にね――

小泉は、自分と吉村の関係を知っているのか。それが気になっている。

岡野は顔を近づけた。

「ここは警察情報も手に入るのですか」

「必要ならなんでも手に入れる。が、なんで訊く」

「ちょっと気になることがありましてね」

「木田のケータイの通話記録のことか」

小泉が目で笑った。

くそっ。胸で罵った。逆手に取られた。

――被害者の通話記録を入手するよう頼まれました――

吉村の話のウラを取るつもりはなかった。そんなことをすれば、わが身に火の粉が降りかかる。しかし、いまさら退けない。一川の耳が気になる。

「どうして通話記録なのですか」

「木田が殺される前の話や。麹町駅での傷害事件の詳細のほかは、本田の経歴と通話記録……俺がほしがるのはそれくらいのもんやろ」

「それらすべてを手に入れたのですか」

「さあな。俺の身柄《ガラ》を押えて口を割らせるか」

「あいにく忙しい身でして……」話題を変えたほうが無難だ。そう思うと、反撃してみたくなった。「斉藤洋という名に心あたりは」

頰に視線を感じた。一川が睨んだのだ。捜査情報の漏洩《ろうえい》に等しい。

おそらく一川は、二人のやりとりの根っこをわかっていない。木田の通話記録の件は自分しか知らない事実だ。

一川は、あきれるのを通り越して、侮蔑しているだろう。しかし、あとであれこれ訊かれるのは覚悟した。それほど小泉と吉村の関係が神経を過敏にしている。

「そいつが傷害事件の被害者か」

とぼけているとは思えない口ぶりだった。直後、小泉の眼光が増した。

「なんの鎌をかけてんねん」

「あんたは、傷害事件の詳細だけじゃなく、麴町書の捜査状況も知りたかったはずだ。被害者を強請るつもりなら、当然、警察の動きが気になる。捜査が被害者に迫っていれば、時間とカネのむだになるからね」

「よう舌が回るのう。刑事が……喋り過ぎや」

「そうかもしれません」素直に返した。「が、だとすれば、あんたのせいです」

「意味がわからん。あんたには、やましいことでもあるのか」

舌が鳴りそうだ。小泉は言葉巧みに痛いところを突いてくる。一川が同席していなければ、吉村の件で火花を散らしていた。

岡野は諦めた。


案の定、路上に立つなり、一川が訊いた。

「通話記録の話を教えてください」

声がすこしふるえていた。

「事件発生前、被害者の通話記録を入手した者がいます。自分は、それを申請する手続きを取るときに気づいたのですが……で、鎌をかけました」

「ちょっと待ってください」一川があわてた。「警察関係者がかかわっているということですか。その者が小泉に便宜を図ったと……」

「残念ながら、推察の域をでません。便宜を図った者がいるとして、その人物を特定しますか。この忙しいときに……捜査本部《チョウバ》のまわりにはマスコミが屯《たむろ》しているのですよ。そんなことが洩れたら、どうなると思います」

一川が口をもぐもぐさせたが、声にならない。

前方に地下鉄の出入口を示す標識が見える。

岡野は、救われた気分になった。

★　　　★

吉村の顔色がさえない。どこかものぐさそうな態度に見える。お茶を運んできた由梨をひやかすひと言もなかった。岡野らが去って一時間が経った。

「辛気臭い面やのう」

小泉はからかった。

「おまえのせいだ。土曜に呼びつけて……おまえとは平日にしか会いたくない」

半分は本音だろう。いつも美味い料理と女のいる酒場をねだる。しかし、それだけではないような気がする。

「牛込署の岡野を知ってるか」

「元同僚だ。あいつが来たのか」

「さっきまでそこに座ってた。警視庁の刑事とな」

「なにを訊かれた。アリバイか」

「そんな話はどうでもええ。謝礼の五万円、岡野の懐か」

「ほかの署の者だ。が、捜査状況は岡野に聞いた」吉村が顔をゆがめた。「感づかれるとは……情報屋失格だな」

「たいしたタマかもしれん」

そんな気がする、岡野のもの言いだった。

――ここは警察情報も手に入るのですか――

岡野がそう言ったとき、吉村の顔がうかんだ。意図的な発言に思えた。自分と吉村の関係を知っていて、何かを告げたかった。その何かを知りたくて吉村に電話した。

岡野は、木田が飯田橋の水上レストランで会った男に関心がある。

――大塚は写真を撮ってる。それは間違いない……――

断言したのはゆさぶりをかけるためだ。

――斉藤洋という名に心あたりは――

あのひと言には強い意思を感じた。

どんな思惑があるのか。狙いはなんなのか。推測のひとつが声になる。

「岡野に嫌われてるんか」

「お互い様や。あいつにかぎらず、カネでつながってる。古巣への義理や仲間意識は欠片《かけら》もない。それはむこうもおなじだ」

「カネだけか」

「ん」吉村が眉根を寄せた。「どういう意味だ」

「岡野は、俺とあんたの仲を知ってる……そう感じた」

「おまえに雇われていることは話した。相手は捜一の刑事なんだ。情報のギブ・アンド・テイクが基本になる」

「そうかい」

　ぞんざいに返した。

　吉村が不満そうに顎をしゃくった。

「あんたも言いたいことがありそうやな」

「ある。どうして隠した」

「なにを」

「殺される五日前、木田は営業中に誰かに呼びだされ、大塚は木田に会った男を尾けたそうじゃないか」

「隠すもなにも……大塚は、その男に撒かれた」

「二人はどこで会った」

「岡野に聞いてないんか」

「ああ」

「飯田橋の水上レストランや。警察は撒いた男の身元を特定したんか。木田のケータイの通話記録に、呼びだしたと思える電話番号がある」

二十日の水曜、午後一時五十三分に電話した者がいる。発信者は不詳だった。

「してないと思う。俺も見たが、あの電話は〈飛ばし〉かもしれん。犯行前、被害者にかかってきた電話の所有者も不詳……岡野は〈飛ばし〉だろうと言った」

「捜査は進展してないということか」

「水曜の夜に岡野と会ったが、はかばかしくないと……本音だろう。そのときは、おまえや大塚を気にしてた」

「被疑者扱いはされんかった」

「あいつはタヌキだからな。案外、おまえの勘はあたってるかもしれん」

「たいしたタマか」

「ああ。だが、なにを考えてるのかさっぱりわからん。的はおまえか、俺か。狙いはなんなのか……確かなのは俺が嫌われてることだ」

吉村が苦笑をうかべ、煙草をくわえる。

小泉はライターの火を差しだし、自分も喫いつけた。

「話は変わるが、電話で頼んだ件、わかったか」

きのう、『京の里』に豊川を置き去りにして帰ったあと、吉村に電話した。

本題はそっちだ。岡野の言葉に触発されて吉村を呼んだけれど、それがなくとも、あすには連絡するつもりだった。

吉村がセカンドバッグに手を入れ、テーブルに写真をならべた。四枚のうち三枚の写真は正面と横から撮ってある。前科者だ。

「ほかに三、四人いるようだが、詳細な実態はつかめてないらしい」

「結構な所帯やな」

個人情報をタダで入手し、売り流すだけなら少人数でことはたりる。

小泉は息をのんだ。右端の男は憶えている。麹町でタクシーを降りた三岐子のあとを追った男だ。たしか、原田と名乗った。

小泉は気配を隠し、その写真を指さした。

「こいつは誰や」

「裏に氏名、住所が書いてある」

写真を裏返した。〈長田利行　品川区西五反田二丁目△〇−二〇三〉とある。

あの、どあほ。胸で悪態をついた。健康保険証は偽造品だった。〈飛ばし〉同様、偽の身分証明書も闇取引されている。細工が面倒なパスポートや運転免許証に比べ、国民健康保険証や学生証は比較的廉価で、年齢詐称のために一般の若者も利用している。

長田の写真を戻し、となりのそれを手にした。菊池《きくち》正春《まさはる》、とある。

「こいつは」

「長田の上司ということだ。二人は何度か接触してる。長田は〈受け子〉か〈出し子〉

……警察はそうあたりをつけてる」

詐欺被害者からカネを受け取る役目の者を〈受け子〉、振り込ませた銀行へ行き、カネを引きだす者を〈出し子〉という。電話で騙《だま》す者を〈掛け子〉と称する。

詐欺組織の〈受け子〉や〈出し子〉の大半は臨時雇いの下っ端だ。組織の幹部どころか、指示する上司の顔さえ知らない者もいる。

左端の男は本間だった。愛美の件で痛めつけた。

「つまり、五反田の人材派遣会社は詐欺組織の一部署なんやな」

「警察はそう見ている」

「専従班が内偵してるんか」

吉村が首をふった。

「大崎署だ。俺も確認したが、特殊詐欺専従班は動いてない」

「おかしいやないか。東勇会のフロントやろ」

特殊詐欺専従班結成の目的のひとつは暴力団の資金源を断つことだ。

「俺に怒るな」吉村が紫煙を吐いた。「それより、どういう風の吹き回しだ」

「なにが」

「本間の追加取材はほしがらなかったくせに」

「気まぐれや」

「隠すな。なにがあった」吉村が前のめりになる。「協力するぜ」

「日本語がおかしい。カネめあてを協力とは言わん」

「カネはいらん」

「はあ」

小泉はまばたきし、すぐに声を立てて笑った。

「とち狂うたんか。カネでつながってると……」

「古巣の連中の話だ」

吉村がさえぎった。むきになっている。

厄介事をかかえているのか。

その疑念は声にしなかった。


スーツを脱ぎ、ジャージを着る。DVDを挿し、ソファに寝転んだ。

サックスが響く。バックのスクリーンに奏者の影が映る。奈落からステージがせりあがる。ギタリストが二人、ドラマー、バックボーカルも二人。リードギター奏者にスポットがあたる。立ち姿が美しい。音色はシャープだ。

『SADE』のライブ映像は目でもたのしめる。

メインボーカルのシャーディー・アデュが登場した。

冒頭の曲がおわったところで、小泉は煙草を喫いつけた。

岡野とのやりとりが頭から離れない。

なにを企んでいるのか。殺人事件と関係ないことは察した。自分に敵意がないこともわかった。吉村に遺恨があるのか。そうだとして、自分をどう利用しようとしているのか。

それがわからない。

――あんたは、傷害事件の詳細だけじゃなく、麴町署の捜査状況も知りたかったはずだ。被害者を強請るつもりなら、当然、警察の動きが気になる。捜査が被害者に迫っていれば、時間とカネのむだになるからね――

あれは犯罪者の心理を衝いている。

疑念の根っこはひとつだ。

『すみれ』店主殺害事件と麴町駅傷害事件はつながっている。

その前提に立たなければ、岡野の発言の意図は推し量れない。

自分が大塚と高島を使って『すみれ』店主の木田を監視していたのを知る人物は吉村ひとりである。だが、吉村は殺人を犯さない。

――毎月五万か……三万円でもいい。細く、長く。チンケな罪状はそれにつきる――

あれは本音だ。本性ともいえる。吉村はそうやって警察人脈を利用してきた。

岡野に吉村への遺恨があるとすれば、そのへんのしがらみに因るものか。

吉村が、傷害事件の被害者の斉藤に情報を売ったとも思えない。細く、長く。それに反する。それなら木田を強請るほうが安全で、確実だ。

吉村の態度や表情の変化も気になった。

――隠すな。なにがあった……協力するぜ――

――日本語がおかしい。カネめあてを協力とは言わん――

――カネはいらん――

あれはなんだったのか。心境の変化とは思えない。人の性根は変わらないのだ。

急に、まわりが赤くなった。

照明を浴びて、奏者の影が濃くなる。

起きあがり、小泉はグラス一杯の水を飲みほし、息を吐いた。

吉村と岡野は後回しだ。もっとめざわりな男がいる。

クローゼットを開けた。黒の半袖ポロシャツに同色のカーゴパンツを着て、モスグリーンのサマーブルゾンを手にした。

レクサスＧＳ４５０ｈが都心の道路を駆ける。

携帯電話が鳴った。大塚からだ。ハンズフリーで応じる。

「俺や」

《連絡が遅れてすみません。いま、清田が家に入るのを見届けました》

「家はどこや」

《世田谷代田の一戸建てに、嫁と二人暮らしです》

大塚には、城西調査事務所の野村専務、坂井常務、清田部長、それに豊川社長の息子、矢野俊太の個人情報を集めさせた。

豊川の要請は受け容れないし、城西調査事務所がどうなろうと知ったことではない。だが、坂井の行動は気になる。何故、城西調査事務所とＴＭＲの分断を図ろうとしているのか。豊川によれば、合併の件も息子の件も、腹心の野村しか知らないという。

城西調査事務所の権力争いなら対岸の火事で済ませられるけれど、火の粉を被るのは我慢ならない。火の粉が飛んできてからでは手遅れになる。

――社内では警察族が幅を利かせている――

豊川の言を借りるまでもなく、城西調査事務所の内部調査に吉村は使いづらい。

大塚と川上には当面、裏稼業の取引停止を指示した。その上で、清田には大塚を、野村には川上を張り付かせた。坂井は動かないと読んだ。警察は縦社会である。それは城西調査事務所でも受け継がれているはずだ。

――……清田は露骨な根回しをしている。おまえの今回の件も……――

豊川の言葉を聞かなくても、清田は坂井の指示で行動していると推察できる。

「きょうは引きあげて、のんびりせえ」
《そうさせてもらいます》
「声があかるいのう。女ができたんか」
《血が騒いでますねん。俺の悪い予感……いやになるほど中《あた》るさかい》
「そうならんよう先手を打ってるやないか」
《そうでした。とりあえず、熱い血を鎮めますわ》
通話を切り、川上の携帯電話を鳴らした。
一分と経たないうちに折り返しの電話がかかってきた。話せない場所にいたのだ。
《川上です。野村は、おなじホテルのバーに移りました》
三時間ほど前、ホテルのレストランにいるとの連絡があった。七人で、二人は襟に議員バッジをつけていたという。元秘書の野村は政界との縁をつないでいるのだろう。
川上が続ける。
《議員らを見送ったあと、残ったのは三人です》
「写真は撮ったか」
《はい》
「動きがあれば連絡せえ。家に帰った時点で、おまえは引きあげろ」
「わかりました」

話している間に、五反田に着いた。

ナビゲーションで位置を確認する。長田が住むマンションは目と鼻の先だ。角地のコインパーキングに車を停めた。

二〇三号室のドアに耳をあてた。聞こえない。ドアポストを押し、耳を澄ます。人声も物音もしない。灯がついているのを確認して、ドア脇の配電盤の扉を開ける。ゆっくりと廻っている。もう一度ドアポストを押し、電話をかけた。長田を解放する前に暗記した二つの番号は携帯電話に登録してある。

着信音が聞こえる。でない。用心しているのだ。五回鳴らして切った。忘れたか、別の携帯電話を持って出たか。どちらの可能性もあるが、たいしたことではない。部屋に人が住む気配は感じとった。

通路にいればリスクを負う。まだ午後十時を過ぎたところだ。

マンションの裏にまわった。雑居ビルとくっついている。人ひとりが歩けるほどの幅しかない。二〇三号室の照明は確認できなかった。

車に戻った。サイドウインドーを開け、煙草を喫いつける。

五台分のスペースに三台が駐車している。角に防犯カメラがある。が、気にしない。騒動になっても、長田は警察を頼らない。

夜が明けるまでは張り付く。端《はな》からそう決めている。

ときおり、眼前を人が過ぎた。ほとんどは軽装で、レジ袋をさげていた。二十代か三十代。男はひとり、カップルはいなかった。近辺で働く若者か。古いマンションがめだつ住宅街だが、駅寄りには飲食店や性風俗店がある。

左手から男が近づいて来る。

小泉は、ハンドルに両手をあて、フロントガラスに顔を近づけた。似ている。

グローブボックスの手錠と細紐をカーゴパンツのポケットに収めた。

外に出た。

男がうつむきかげんで歩いている。

「おい」

声をかけたときはもう、シャツの後ろ襟を摑んでいた。

「……」本間が目の玉をひん剝《む》いた。「ど、どうして……」

「喋るな」本間の腕をうしろにひねった。「部屋に帰るんか」

本間が頷く。

「長田はおるんか」

「たぶん……さっき電話した」

「何人や」

「ひとりだった」

「鍵はあるか」

「ある。けど、チェーンがかかってる」

「ほな、入るときはどうするんや」

「チャイムを鳴らし、ドアを一回ノックする。合図なんだ」

「よし、歩け」

小泉は背後にまわり、腕を締めあげる。うめき声が洩れた。

「騒げばへし折る。ええか」

「わかった。言うとおりにする」

声がふるえた。身体もゆれている。


メールボックスの前で若い女と出くわした。が、女は気にも留めなかった。

本間が二〇三号室のチャイムを鳴らした。ひと呼吸おき、ドアをノックする。

チェーンのはずれる音がし、ドアがすこし開いた。

小泉は思い切りドアを引いた。本間を押し込み、尻を蹴飛ばした。

拳を長田の顎に打ち据える。腰が砕けた。ドアを閉め、チェーンをかける。

長田を奥へ引きずった。本間はおとなしく従った。

湿っぽい部屋に脂の臭いが充満している。

「てめえ」

長田が食ってかかった。

鳩尾《みぞおち》に拳を見舞い、こめかみへの肘打ちで、長田はあっさり倒れた。

本間の右手首に手錠をかけ、デスクの脚につないだ。デスクにちらばる紙をまるめ、本間の口に詰めた。三枚で頰がふくらんだ。

押入れを物色した。ガムテープとタオルを手に、長田のそばで腰をおとした。

ガムテープで後手に縛る。タオルを裂き、口に咬《か》ませて後頭部で括った。話はできても大声はだせない。細紐を首に巻きつけ、足首とつなぐ。

小泉は座卓に腰かけ、煙草に火をつけた。

本間がちらちら見ている。好都合だ。恐怖を目のあたりにすればさらにおじけづく。

煙草の火を長田の手の甲にあてた。

「ひぃ」

悲鳴がし、長田の身体がはねた。

「いつまで寝てんねん」頭髪を摑んだ。「正座せえ」

長田が言うとおりにした。あらがう気力は失《う》せたらしい。

「よう騙してくれたのう」

「あれは……」

声がこもった。喋りづらそうだ。

「下っ端をスカウトするマニュアルどおりか」

長田が頷く。

「質問のやり直しや」

言って、キッチンにむかった。冷蔵庫はキムチ臭かった。パック入りの惣菜やレトルト食品が乱雑にある。缶ビールと、収納扉の裏に掛かる果物ナイフを手にした。

ビールを飲んでから長田に話しかけた。

「なんで俺を尾行した」

「上の命令だった」

「運転してた野郎か」

「そうだ」

「名前は」

「田中さん」

「こら、ええかげんにさらせよ。本名や」

「田中さん。そう呼んでる。本名かどうかは……」

「じゃかましい」

殴りつけた。長田の唇が切れ、前歯二本がおちた。

小泉は、腰をあげ、本間に近づいた。

本間が逃げようとする。デスクが音を立てた。

「静かにせんかい」口中の紙を一枚取った。「おまえの雇い主は」

本間の瞳が端による。長田を気にしたのだ。

「あいつには死んでもらう。おまえはどうする」

本間の顔が上下に動く。

「名を言え」

「中井《なかい》さん」

蚊の鳴くような声だった。

小泉は本間のポケットをさぐり、携帯電話を手にした。短縮1の番号は記憶にある。長田の携帯電話にも登録されていた。デスクの上にある四個の携帯電話も確認した。ひとつにおなじ番号が登録されていた。それを手に、座卓に戻った。

「中井は、なんで俺を尾けさせた」

「知らない。俺らは命令どおりに動くだけなんだ」

「尾行はいつからや」

「あの日が初めて……品川駅で合流したのはほんとうだ」

嘘ではないだろう。一緒に行動するやつに電話しない。

「中井は何者や」

「人材派遣……」

また殴りつける。神経が麻痺したのか、声もない。目がうつろになってきた。

「住所は」

「知らない」瞳がゆれた。「会社には行ったことがない」

「うっとうしいガキやのう」

ガラスの灰皿で顔面を殴打した。血が飛び散る。煙草の灰が顔にへばりついた。

「中井の住所は」

「……」

長田が視線を逸《そ》らした。けっこうしぶとい。

小泉は、果物ナイフを太股に突き刺した。

長田がうめき声を洩らし、顔をゆがめた。悶絶《もんぜつ》しそうだ。

「電話せえ。面倒がおきたから会いたいと言え」

携帯電話の短縮ボタンを押して、長田の耳にあてた。

「俺です。平和島の……」

符丁だ。あわてて携帯電話を耳にあてた。

「中井か」

　ぷつりと通話が切れた。

「くそガキ」血に濡《ぬ》れたナイフの刃先を股間にあてた。「最後の質問や。が、答えんでもええ。オナゴにしたる」

「やめろ」

　声が裏返った。今度はおびえたようだ。

「即答せえ。中井はやくざか」

「たぶん」

「どこや」

　長田がぶるぶる顔をふる。

「東勇会やな」

　吉村に聞いたあと、東勇会の構成員を調べた。蛇《じや》の道は蛇《へび》で、大阪に依頼した。構成員の上から三番目に中井の名があった。

　長田の瞳が固まった。それで確信した。長田は〈受け子〉や〈出し子〉ではない。本間とは違う。中井の身内なのだ。

　警察は暴力団の準構成員の数を把握できていない。暴力団員はバブル期の四分の一に減少したといわれているが、実際は半分も減っていない。消えた連中はフロントや準構成員として資金の確保に勤《いそ》しんでいる。

本間の手錠をはずして、長田の右手にかけ、トイレの管につないだ。

「命が惜しけりゃ、荷物まとめて逃げろ」

本間にひと声かけて部屋を去った。


外に出たところで携帯電話が鳴った。川上からだ。耳にあてる。

《連中がホテルを……》

声と同時に、風を切る音がした。

かわした。が、一瞬遅れた。ブルゾンが裂けた。左の二の腕だ。

小柄な男がナイフを構え直す。目は血走っている。

小泉は、突進してくる男の股間を蹴りあげた。前のめりになった男の胸倉を掴み、鼻柱に頭突きをくわせた。

「おりゃ」

別の男が奇声を発した。でかい。一メートルほどの鉄パイプをふりかざした。

とっさに、小柄な男を盾にした。鈍い音がし、男が崩れおちる。鉄パイプは額を直撃していた。でかい男が一瞬ひるんだ。

その隙をつく。男の右腕をかかえ、ひねった。関節が音を立てる。奪った鉄パイプで肩を打ち据えた。鎖骨が折れる感触があった。

でかい男がうずくまる。

小泉はパーキングに走った。

油断した。東勇会の事務所は五反田にある。符丁を聞いて、駆けつけたのだ。

左腕が疼いている。血は手の甲にまで滴っていた。

グローブボックスの中の細紐を取る。右手と犬歯で傷口の上部をきつく縛った。

レクサスGS450hを走らせる。大通りに出て、電話をかけた。

《旭です》

「例の医者は使えるか」

《どうしたんです》声高になった。《兄貴が……》

「あとで話す。医者に掛け合え。これからむかう。ことわられたら電話せえ」

《まかせてください》

通話が切れた。

またグローブボックスを開け、鎮痛剤を飲みくだした。

麻布十番で〈こどもクリニック〉を開業する女医がいる。三年前になるか、六本木のバーラウンジで半グレに絡まれているのを大塚が助けた。去年の夏、大塚は裏稼業での面倒事で、怪我を負った。そのさい、女医の世話になったという。

二の腕の裏側を十数針縫った。幅五センチ、深さは四、五ミリ。腱は切れていないとの診断だった。抗生物質と鎮痛剤、消毒薬、ガーゼと包帯をもらった。十万円を渡したが、女医は要らないと言い、結局、白衣のポケットにねじ込んで診察室を出た。

カネを摑ませれば、手のひらは返せない。まずは安心、謝意はそのあとだ。

近くの焼肉店に入った。土日も深夜まで営業している。客はまばらだった。

周囲に客がいない席に座った。

「カルビ、ハラミ、タン塩、あとはサラダとチャプチェ、烏龍茶や」

「キムチ盛り合わせと海苔も」

大塚が言い添えた。

キムチは好物だが、冷蔵庫の臭いが残っている。が、文句は言わない。

店員が去ると、大塚が顔を近づけた。

「相手は誰です」

「東勇会や」

でかいほうは写真で見た。小柄な男と事務所に詰めていたのだろう。

「そんな組、知りませんで」

東勇会を調べたことは大塚に話していなかった。

一から説明するのは面倒だ。頭に霞《かすみ》がかかっている。局部麻酔が効いているのだろう、傷の疼きは鎮まっている。

「東勇会の頭は児玉組の若衆や」

「児玉いうたら……」大塚が眉をひそめた。「誠和会の幹部やないですか」

「ああ。神戸とも縁がある」

「なんで揉めたんです」

「それが、イマイチはっきりせん。俺を的にかけてるんは確かやが」

料理が運ばれてきた。

小泉はタン塩を網に載せた。鍋料理と焼肉は自分が仕切る。

大塚がカクテキを齧り、烏龍茶を飲む。

「理由は関係おまへん。俺がきっちり……」

「やめとけ」小泉はさえぎった。「背景が見えてからや」

「けど、兄貴がやられてほってたら、舐められます」

大塚の顔が赤らんでいる。

「それはむこうもおんなじ……三人が病院行きや」

「それなら、むこうが攻めてくるかもしれません。先手を打ちましょう」

「かっかするな。食え」

タン塩を食べ、ハラミと野菜を網に載せる。サラダを小皿に移した。

大塚が箸を右に左に動かす。頭に血がのぼっても食欲は変わらず旺盛だ。

小泉は、ハラミを三切れ、カルビを二切れ食べ、箸を置いた。夕食ぬきだが、食が進まない。身体が熱っぽいせいもある。

「おまえ、車か」

大塚が頷くのを見て、瓶ビールを頼んだ。

「元麻布に先生を迎えに行ったんです」

「ひとり者か」

小泉は初対面だった。女医は、傷を見て絶句したが、大塚の顔を見て思い直したようだった。四十歳前か。ちいさな顔で、目尻の小皺がなければ、三十歳にも見える。ポニーテールを解いたら、どう変貌するか。興味が湧いた。

「知りません」

「どんなつき合いや」

「ときどき、夜中に電話とメールで……そとで会《お》うたことはありません」

「うといのう」

「はあ」

「さみしいさかい、夜中に電話してくるんや。相手したらんかい」

「あきまへん」大塚が手のひらをふった。「かしこい女は苦手ですねん。まじめな女はもっと苦手ですわ」

小泉はビールを注ぎ、グラスをあおった。身体がよろこんだ。

大塚が真顔に戻した。

「うちのしのぎが関係してますのか。俺と川上の的も……」

「なんとも言えん」

城西調査事務所の野村専務と坂井常務を監視する理由も話さなかった。

二杯目のビールに口をつけ、煙草をふかした。

「お家騒動や」

言って、豊川の泣き言を手短かに話した。

「俺は蹴った。けど、このままでは済まんような気がする」

大塚の表情が険しくなった。目は熱を帯びている。

「兄貴の読み、教えてください」

「金光の組長は憶えてるか」

「ええ。竹内さんの弟分ですよね」

「金光組と児玉組、急接近してるそうな」

「竹内さんに聞いたんですか」

「よそに頼んだ。あの人の義理、増やしとうない。依頼したんは東勇会のことやが、それで金光と児玉の関係が知れた。どっちも特殊詐欺を資金源にしとる」

「もしかして、結託……」

「ありうる。と言うか、濃厚や」

「結託したとして、それがうちとどう関係がありますねん」

「俺のやり方が気に食わんのやろ。潰すか、ノウハウ丸ごと乗っ取るか」

大塚が目を見開いた。

「黒木が絡んでますのやな」

新宿サブナードの駐車場で黒木を痛めつけたことは話してある。

「黒木は金光組のフロント、東勇会は児玉組の下や。金光と児玉の指示で、連携したとも考えられる」

「東勇会の頭は誰です」

「こいつや」

小泉はポケットの写真を手渡した。吉村がよこした四枚に、大阪から送ってきた四枚を重ねてある。大阪のほうの写真の裏には氏名と犯歴が記されていた。皆、前科持ちだ。上は東勇会の井上会長。ひと目でわかるやくざ面である。

大塚が写真を繰る。一枚ずつ裏書を見た。

「兄貴をやったんはどいつです。若頭の戸田《とだ》ですか」

「顔のでかい、吉原《よしはら》や。ひと月は動けんやろ」

大塚が手を止めた。

「こいつ」写真をさしだした。「見たような……」

菊池正春だ。吉村には長田の上司と聞いた。

「思いだせ」

大塚が左右に首を傾ける。思案するときの癖だ。

「何年か前、裏のしのぎで顔を合わせた男やと思います」

「それなら間違いない。やつは詐欺と私文書偽造でパクられ、懲役一年二か月に二年半の執行猶予がついた。いまも弁当持ちらしい」

「現場を仕切ってるんは、黒木と菊池……俺に、そっちをあたらせてください」

「やめとけ。雑魚を相手にして割を食うんはこっちや。黒木と菊池を痛めつけたら、金光と児玉がここぞとばかりに難癖をつけてくる」

「ほな、どうするんです」不満げな顔だ。「様子見ですか」

「俺の気性、知っとるやろ。手は打つ。けど、全体の絵図が見えてからや」

「全体の絵図て……」

「警察の動きが気になる」

大塚が口を結んだ。話を聞く顔になった。

「五反田を所管する大崎署は東勇会の詐欺組織を監視してるのに、桜田門の特殊詐欺専従班は内偵捜査もしてないそうや。妙やと思わんか。専従班には四課が参加しとる。やくざの資金源を断つためや」

組織犯罪対策四課の前身は捜査四課だ。刑事部から組織犯罪対策部へ、部署ごと移動したが、警察や報道の関係者は、以前のまま〈四課〉と称している。

小泉はビールを飲み干し、グラスを置いた。

「坂井は四課の管理官やった。清田は当時の部下や」

「なるほど」大塚が声を弾ませた。「そういうからくりですか」

「坂井を蝶番《ちょうつがい》に、東勇会もしくはその上の児玉組と警察がつながってる可能性がある。いま話せるのはそこまでや」

「警察側の矢面に立ってるのは、清田ですね」

「俺はそう読んだ」

「清田の尻尾、摑んでみせますわ」

「無茶をするなとは言わん。が、慎重にやれ。詐欺組織のクズどもとはわけが違う。児玉組はでかい。金光組は神戸の直系や」

「わかりました」

小泉は天井にむかって息を吐いた。

敵は関西の極道と関東のやくざだけではない。

――清田は、ＴＭＲが犯罪組織とつながっているとのうわさを流している――

舌の根も乾かぬ内に、豊川は続けた。

――わたしとしては、合併事案を前に進めたい――

さらに、竹内と相談の上で、とつけ加えた。

保身と救済の、両方の意図があったのではないか。後者は竹内の要望か。警察がＴＭＲに手をだす前に、城西調査事務所と合併させる。

その思惑がうかんでもなお、はねつける己がいる。

――しばらく近づかん――

三岐子へのひと言は意地が言わせた。

「家まで運転せえ」

小泉は愛車のキーを放った。

サイフォンでコーヒーを淹れてから、リビングのソファに座った。

明け方、傷が疼いて目が覚めた。鎮痛剤をのんで横になると、また眠ってしまった。つぎにめざめたら午前十一時を過ぎていた。

《心配いらん。野村の監視を続けろ》

川上にメールを送った。簡易留守メモに身を案じるメッセージが残っていた。だが、川上を面倒事に巻き込むつもりはない。

BS1でメジャーリーグを中継している。音は消してある。解説は聞きたくない。そもそも海外のスポーツライブに日本語は要らない。外国語は何ひとつわからないが、映像だけでも場の雰囲気や選手の心理は伝わってくる。

とはいうものの、いまはぼんやり眺めている。

パジャマを脱いだ。二の腕が腫れ、包帯が窮屈に感じる。ふれると熱かった。

テーブルにある病院の紙袋に手を伸ばしたとき、携帯電話が鳴った。

「はい」

《えらい無愛想な声やのう》

破声《われごえ》が鼓膜に響いた。神俠会の竹内だ。

顔をしかめた。番号を確認しなかった。きょうは話したくない相手だ。

「あなたはご機嫌みたいですね」

《神戸に行く途中や。親が死のうが、泣き面は見せられん》

「ご立派なことで。今度は誰からの苦情ですか」

《決まっとる。金光や。俺の電話、想定内か》
「そんなところです」
《なら、話が早い。近々に帰って来い。金光と三人でめし食おう》
「……」
返す言葉がうかばない。
《聞いとるんか》
「ええ」
《おまえがしのぎの邪魔ばかりすると……金光のやつ、兄弟の顔を立てるんも限界があるとぬかしよった》
「おかしいですね。いま揉めてるんは黒木やなく、東勇会いう児玉組の下です」
《ほんまか》声音が変わった。《どの程度や》
「きのう、三人を病院に送りました。けど、火の粉を払《はろ》うたんです」
《理由はどうでもええ。極道のけじめに理由も言訳も通用せん》
「筋目はどうです」
《どういう意味や》
「俺と東勇会の揉め事に、金光さんが出張るんは筋が違うと思いますけど」
《間違いないんか》竹内がどすを利かせた。《隠し事は命取りや。わかってるな》

「承知です。それより、訊きたいことがあります」
《なんや》
声が不機嫌になった。極道の筋目の話をされて気分を害したか。
それでも退けない。正念場なのだ。
「金光組と児玉組は近いんですか」
《そんな話は聞いてへん。縁談のうわさもない。あるわけないわ。舎弟とはいえ、児玉さんは誠和会の重鎮や。金光は直系になって五年の無役……格が違いすぎる》
「しのぎは別物でしょう。覚醒剤《シャブ》には手をださないと謳ってる暴力団も、覚醒剤を資金源にする下部組織を破門にはしません」
《おい。神戸を揶揄《やゆ》しとるんかい》
「それが組織やと言うてるんです。皆、背に腹は替えられません」
《講釈垂れるな》
「話を戻します。金光さんはいつ電話してきたんですか」
《一時間ほど前や》
「あわただしいことで。俺が東勇会の連中を痛めつけて十二時間も経っていません。それだけでも、黒木と東勇会が結託してる証拠になります」
《だとしても、金光や児玉が関与してるという証拠にはならん。金光は、黒木に泣きつか

れたんかもしれん。身内を助けるんは親の務めや》
　小泉は笑いたくなった。証拠を突きつけようとも、竹内は金光を庇う。兄弟の疵《きず》は己の疵。内輪揉めが本部に知れたら、幹部昇格の夢が泡と消える。
　竹内には恩こそあれ、遺恨はない。が、ゆさぶりたくなった。
「それにしても、泣き言をべらべらと……オナゴみたいな人ですね」
《口が過ぎる》声が低くなった。《本人に面と向こうて言わんかい》
「機会があれば……蜂の巣になる己を想像したくもありませんが」
《まだ、分別はつくようやのう。おまえの読みを話してみい。金光はなんで一々、俺に電話してきよるねん》
「のちのちの口実づくりやと思います」
《ほう》声音がやわらかくなった。《そう思うのなら戻って来い。金光と児玉……どっちかでも本気になったら、おまえは海に浮ぶ》
「そうでしょうね」
《余裕かますな》
「この電話で、最終期限は予測できましたわ。しゃあないのう……あなたからその言質《げんち》を取ったときです」
《言うと思うか》

「わかりません」

《あわれな男よのう。この俺も信用できんとは……》ほかの男の声がまじった。帯同する若衆だろう。本家に単身で参上することはない。見栄を捨てれば極道は廃る。《もうすぐ着く。また電話するさかい、荷物まとめとれ》

破声は鼓膜に残った。

★

★

「なんや、その目は」

大塚の声に、身体がはねた。知らず、大塚の横顔を睨んでいたようだ。

「俺に文句でもあるんか」

秀一は、ぶるぶる顔をふった。

新橋のオフィスビル一階のコーヒーショップにいる。道路側とビルの通路側、両方がガラス張りになっている。秀一が午前九時に着いたとき、大塚はカウンター席で、ホットドッグを食べていた。そこからは道路も通路も、二基のエレベータも見える。

――この男や。いまは七階の城西調査事務所というオフィスにおる――

言って、大塚が写真をよこした。裏に、清田、と書いてあった。

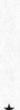

監視の段取りを聞いて三十分が過ぎている。

大塚の話はほとんど憶えていない。頭が混乱を来たし、昨夜は眠れなかった。

朝は見かけなかった父が昼過ぎに帰ってきた。機嫌が良さそうだった。スーツにネクタイを締めた父を見るのはずいぶんひさしぶりだった。

父が帰るすこし前、昼食を済ませた妹は『スマイル』に行った。秀一が家を空けているあいだ、店を手伝っていたと聞いた。

「どうだったの」

母が訊いた。さぐるような目をしている。

「話す前に、ビールをくれ」

父がダイニングの椅子に腰かけた。

母が冷蔵庫から小瓶を取りだす。さもじれったそうな表情と手つきだった。

ビールで咽を鳴らしたあと、父がにんまりした。前々日とは別人の顔だ。

金曜は帰宅するなり、質問攻めに遭った。父は、いろんな感情が入り混じったような顔であれこれ訊いた。犯罪への関与を問い質すさいは目の色が変わった。

息子を信じられないのか。あらがっても聞き容れなかった。母は何度か息子の身を案じる言葉を口にしたけれど、父の追及をたしなめることはなく、父に追従するような発言が多かった。赤の他人の分、取調室での訊問のほうがましだった。

「うまく行きそうだ」

「ほんと」

母の声が弾んだ。表情が崩れ、おたふく顔になった。

「まあ、座りなさい」

父が鷹揚《おうよう》に言うと、母は秀一のとなりに腰かけ、テーブルに身を乗りだした。

秀一は状況を読めなかった。両親とも、ことし一番の笑顔に見える。

「本部での講習会を覗いたあと応接室に招かれ、企画推進部の部長と話ができた。あの店を強く望まれてね。基本は譲渡だが、こちらが希望するなら、『ジョイ』のフランチャイズとして経営を継続しても構わないということだった」

秀一は目を白黒させた。

「『ジョイ』に譲渡……そんなことができるの。『スマイル』本部が許すの」

「法的には問題ない」父が声を強めた。「契約条項に従って解約するんだ。それによる損失分は『ジョイ』本部が補塡してくれる」

「『ジョイ』は、近くに『スマイル』直営店ができることに強い危機感があるのよ」母が言った。「だから、内密に打診があったの」

秀一はあきれながらも頷いた。『ジョイ』はなんとしても麹町四丁目周辺の『スマイル』によるドミナント化を防ぎたいのだろう。

「あなた、ビル側との賃貸契約のほうはどうなるの」

「それは問題ない。二か月前に解約を申してれば……」

「そうじゃなくて……」母がさえぎった。表情が生き生きとしている。「『ジョイ』のフランチャイズ店になった場合も新規契約になるの」

「その点も部長に訊ねたが、ビルの所有者との交渉次第だろうと……交渉の場に『ジョイ』が同席するのは、道義上、問題があるとも言われた」

「『ジョイ』の本音は譲渡なのね」

声に悔しさがにじんだ。

「おまえは経営したいのか」

「それはそうよ。あたらしく事業を始めるには資金がいるし、一から勉強しなけりゃいけないし……コンビニ経営ならノウハウがわかってるからリスクはすくないでしょう。それに、『スマイル』を見返してやりたいわ」

言って、母がトイレに立った。

手酌でビールを飲んだあと、父が顔をむけた。

「譲渡か経営、おまえはどっちがいいと思う」

「わからないよ」さめたもの言いになった。「いま初めて聞いたからね」

おといの質問攻めはいったいなんだったのか。不満がある。

「そんな投げやりな言い方はないだろう。おまえの将来もかかっているのだ」

「自分の将来は自分で考える」

父の顔が険しくなった。

「確認するが、殺人事件にかかわっていないのだな」

「あたりまえじゃないか」

声がとがった。

「なんだ、その言種《いいぐさ》は」父がこめかみに青筋を立てた。「どれほど心配したか。おまえが殺人犯だったら『ジョイ』の話は破談になったんだぞ」

「はあ」

秀一は啞然《あぜん》とした。我に返り、席を蹴った。

「どうしたの」

戻ってきた母に肩をぶつけ、階段を駆け上がった。

父も母も部屋にこなかった。

日が暮れて、妹が来た。事情を聞いたのだろう。おむすびを運んできた。短いやりとりで妹が去ったあとおむすびを食べたが、半分残した。

ベッドに寝転んでしばらくすると父の顔は消え、里菜の顔がうかんだ。

九時過ぎ、携帯電話が鳴った。登録していない番号だった。
「はい」
《牛込署の岡野……憶えてるね》
取調室のときよりはおだやかな口調だった。
「なにか用ですか」
《三日も外泊したそうだね。おとうさんに聞いたよ》
「電話したのですか」
《自由が丘で会った日の朝、署に電話がかかってきた。あんたを心配してね》
なんの心配だ。胸で言った。
《あそこに泊まっていたのかな》
「どこに」
《とぼけるなよ。山田里菜……同級生なんだろう》
「あのとき……」ためらいを捨てた。「彼女の家を訪ねたのですか」
《本人に聞いてないのか》
「ええ」
声が弱くなった。家にいた三日間、自分の部屋から電話したが、つながらなかった。メールを送ったが、返信はない。

「どうして彼女の部屋に」
《証人だよ》
「えっ」
《あんたの相棒のアリバイ……大塚はあの子と一緒だったと供述した》
「………」
携帯電話をおとしそうになった。
《あの子も認めた。証言のウラは取れた》
「どうして……そんな話をボクに……」
《心配だろうと思って……あんたの相棒だからね》
よけいなお世話だ。にやつく岡野の顔がうかんだ。
通話が切れても、しばらく携帯電話を握っていた。身体がふるえだした。思い切り壁を殴った。背をまるめている内に涙がこぼれた。

絶対に行かない。殴られても構わない。

そう思っていたのに、指定された場所に来た。家にいたくなかったのか。岡野の話を信じたくない己がいるせいか。

「どうしたんや」

大塚の声はやさしく感じた。

「家で揉《も》めて……いいんです」

里菜の名がでかかったが、声にならなかった。やはり、こわい。大塚を怒らせるのもだが、真実を聞く勇気がない。

「仕事や。割り切らんかい」

秀一は頷いた。大塚を嫌悪しているのに、なぜか素直になる。

「さっきの話、わかったか」

「すみません。ところどころ、ぬけています」

大塚が苦笑した。

「見張りは二時間交替や。ここか、歩道に立つか。とにかく、玄関を見張れ」

「ほかの出入口は」

「ここは玄関と非常階段しかない。エレベータが非常停止せんかぎり階段を使うやつはおらん。このビルには地下駐車場もない」

「ひとりのときに清田があらわれたら、どうするのですか」

「あとを尾ける。どっちがそうしても連絡する。四時からは一緒に動く。ええな」

「わかりました」

「おまえが先に休め。裏通りにネットカフェがある。休憩するには持って来いや。エロ動画でも見て、すっきりしろ」

「頭が混乱してるんです」

「あほやな。身体がすっきりすりゃ、頭は空になるねん」

「旭さんは、彼女いるんですか」

「おらん。女は邪魔や」

胸が軽くなった。

「俺は風俗……もっぱらデリヘルや」大塚が腰をあげた。「五分待ってくれ。むこうで煙草を喫うてくる」

コーヒーショップは分煙で、喫煙スペースからは通路が見えない。

秀一はくらくらしてきた。あの夜もデリヘル嬢を呼んだのですか。そんなことはとても訊けない。大塚が、そうや、と言えば昏倒《こんとう》しただろう。

六時前に清田があらわれた。ひとりだ。きょう、三度目になる。大塚と交替した直後、制服を着た女を連れて蕎麦屋に行った。午後三時前にはひとりでコーヒーショップに入ってきた。どちらも短時間でオフィスに戻った。

清田がタクシーに乗る。大塚もタクシーを停めた。

十五分後、清田は六本木通りで下車し、中国料理店に入った。

「待ってろ」

言い置き、大塚が店内に消えた。が、三十秒と経たずに出てきた。

表情が硬い。声をかけるのもはばかられた。

大塚が煙草をくわえた。立て続けにふかしたあと、携帯電話を手にした。

「清田は六本木の中華屋に入りました。相手は東勇会の井上ですわ……ええ、間違いおません。菊池いう野郎も一緒です……井上か菊池、攫《さら》いましょか……けど、絶好の機会やないですか。攫《さろ》うて、清田との腐れ縁、吐かせます……」

聞いているうちに身体が固まった。心臓が口から飛びでそうだ。この場から逃げだしたい恐怖に駆られたが、足は半歩も動かなかった。

★　　★

——斉藤洋、殺人の嫌疑で任意同行を求める——

一川がそう告げてから三十分が経った。

——俺じゃない。殺《ヤ》ってない——

自宅の玄関で叫んだきり、斉藤は口をつぐんだ。取調室に入ると、何度か口をもぐもぐさせたが、声にならなかった。顔は青ざめ、瞳はせわしなくゆれている。

岡野は、じっと見つめてから訊問を再開した。

「五月二十五日、月曜の午前一時ごろ、市谷の『すみれ』に行ったのは認めるな」

「はい」

か細い声がした。

「目的は」

「木田に会うため……電話でそう指示されたんだ」

「誰に」

「知らない」

「おい」斉藤の上着の襟を摑んだ。「ねぼけたことをぬかすな」

「ほんとなんだ。信じてくれよ」

懇願するようなまなざしだった。自宅での生気のない目とは異なる。

岡野は手を放した。まんざら嘘でもなさそうだ。

斉藤に任意同行を求めるだけの証拠はある。だが、肝心な点を詰め切れていない。逮捕状の請求を見送ったのもそのせいだ。

「『すみれ』でのことを話せ」

「店に行くと木田がいた。あいつは俺の顔を憶えていなかった。麴町駅でのことを話したら、あいつ、ばかにしたように笑った。百万円を受け取る約束だったのに、十万円をよこして……俺、かっとなって、カウンターにあった瓶で……でも、殺してない。あいつが床に倒れ、苦しそうにしてるのを見て、恐くなって逃げたんだ」

「それからどうした」

「濠沿いに走った。途中のことは憶えてないけど、水道橋のネットカフェに入った。電車の始発まで時間を潰すために……」

逃走後の供述は納得できる。捜査本部は、犯行現場から半径四キロメートル内にある深夜営業の飲食店、ホテルを虱潰《しらみつぶ》しにあたった。水道橋のネットカフェで従業員の証言を得たのはきのうの午後だった。店内の防犯カメラも、飯田橋と水道橋の間にあるコンビニ店の防犯カメラも斉藤の姿を捉えていた。

「タクシーで逃げようとは思わなかったのか」

「そんなカネないよ。あの日も競馬でスッて……借金だらけなんだ。だから、電話の男の誘いに乗った」

すぐにかっとなる性格。カネにこまっている。周囲の者の証言に合致する。

「『すみれ』を逃げだしたあと、電話の男に連絡したか」

「した。けど、でなかった」

「指示の内容をくわしく話せ」

「木田に会って話はつけてあるから、店に行って百万円を受け取れと……あの日の夕方に

「電話がかかってきた」

傷害罪で指名手配中の者を強請るに、百万円はぎりぎりの金額だろう。仕事にすくなからず影響があるとしても、それ以上の高額を強請られるくらいなら警察に出頭するほうがましだ。実刑にならない微罪なのだから、普通の者はそう考える。

「何度目の電話だ」

斉藤の通話記録は頭にある。所有者不詳の番号が二つあった。

「二度目だよ。初めは火曜の夜だった。サラ金の返済が遅れてるので、てっきり催促の電話と思ったら……いきなり、麴町駅でおまえを殴った男を知ってると言われた。おまえがその気なら、俺が話をつけてやると……誰だって乗るだろう。警察に通報したって一円にもならないんだから」

「そうだな」あきれて言った。「どうしてお節介焼くのか、訊いたか」

「木田には個人的な怨みがあると言ってた」

なんということはない。そんな話に乗るのはカネに窮していたからだ。金融機関のほかに、会社の上司や同僚に借金しているのが判明した。

岡野は椅子にもたれ、首をまわした。訊問を続ける気力が薄れてきた。

だが、まだ幾つかの疑念がある。

「電話の男は、麴町駅の傷害事件を知っていたんだな」

斉藤が目をぱちくりさせた。「だって、俺を殴った男と……刑事さん」斉藤がデスクに両肘をついた。「電話の男が犯人じゃないの」

「電話の男が『すみれ』の近くにいるとでも言ったのか」

斉藤が首をふる。

「でも、俺が『すみれ』に行くのを知っていたのは……」

「図に乗るな」一喝した。「おまえは立派な犯罪者なんだ。傷害、恐喝、殺人幇助……殺人の嫌疑も晴れたわけじゃない」

斉藤がうなだれた。

岡野は一川に顔をむけ、目で交替を要求した。確認したいことがある。

通路に出た。

階段の踊り場で住友係長と出くわした。

「どうだ、おちそうか」

「なんとも」曖昧に言った。説明するのは煩わしい。「頭をひやしてきます」

一階のロビーへむかう。

「おとうさん」

傍らから声がした。長椅子に娘の美咲がいた。膝の上にボストンバッグがある。

「娘の前を素通りするなんて……よほど難航してるみたいね」

岡野は苦笑した。

「お茶しよう」

「いいの」

「気分転換だ」

ボストンバッグをカウンターの女性職員に預け、外に出た。

美咲を先に行かせ、電話一本かけてから喫茶店に入った。

美咲がアイスレモンティー、岡野はアイスコーヒーを頼んだ。

煙草をふかしてから、話しかける。

「準備は順調か」

「うん。あとは、おとうさん」

「心配するな。もうすぐ片づく」

美咲がゆっくり首をふる。

「お仕事じゃない。わたしがいなくなったらさみしくなると思って」

「そう思うなら、嫁に行くな」

美咲が目元を弛めたところに、ドリンクが来た。

アイスコーヒーに二個分のシロップをおとした。美咲は使わない。

「疲れてるの」

「神経がな」

「そう思って、バッグにバナナを入れてある」

「すまんな」

高校を卒業してからだったか、美咲が着替えを持って来るようになった。

「退官まであと一年半ね。そのあとはどうするの」

「考えたこともない」

「なにかしないと、ぼけるよ」

「そうなったら、おまえが介護してくれ」

「やっぱり、さみしいんだ」

「本音を言えば、出戻り、歓迎だ」

「安心した」

「ん」

「わたし、おとうさんの血が濃いそうだから……我慢できないかもしれない」

「あいつに不満があるのか」

「ほら」美咲が笑った。「もうかっとなった」

「親をからかうな」

そこへ携帯電話が鳴った。先ほどかけた相手だ。店の外で話した。

美咲と肩をならべて坂を下り、神楽坂下の交差点で別れた。

岡野は、水上レストランの階段を降りる。開店直後のはずなのに、左側のレストランは客でにぎわっている。コーラのカップとアルミの灰皿を手に桟橋を奥へむかう。

小泉はパラソルの下にいた。きょうも陽射しがきつい。水面はきらめいている。

「呼びだして、申し訳ない」

返事はない。表情を読むような目つきはオフィスで顔を合わせたときとおなじだ。

岡野は正面に腰をおろした。

オフホワイトのチノパンツにスニーカー。アイボリーのジャケット、白地に紺色の横縞が入るTシャツを着ている。

「きょうはお休みですか」

「なんの用や」

あいかわらず、そっけない。

「確認したいことがありましてね。あんたのまわりで、被害者が傷害事件で指名手配中だったのを知っていたのは誰ですか」

「大塚と高島、城西の吉村や」

「三人で間違いないですね」

「疑うんなら、訊くな」

「癖なんです」煙草で間を空けた。「じつは、被疑者の身柄を押さえたのだが、その男の供述がひっかかっています。名前も知らない男から電話がかかってきて、被害者のことを教えられたと言ったのです」

岡野は、斉藤が犯行現場に行くまでの経緯をかいつまんで話した。守秘義務は無視だ。その覚悟で小泉に電話した。

話しているあいだ、小泉は口をつぐみ、表情をまったく変えなかった。

岡野は言葉をたした。

「その供述がほんとうなら、犯人は幾つかの事実を知っていたことになる。麹町駅での傷害事件の詳細、指名手配犯の素性、取り調べ中の被疑者の個人情報、それに、大塚と高島が被害者を監視していたこと。最後のひとつは自分の推測ですが、根拠は二つあります。犯行が日曜の深夜であること。おそらく、犯人は監視する時間帯を知っていたと思う。もうひとつは、ここです」

岡野は親指を下にむけた。

「自分は、ここにあらわれた男が被疑者に電話したと思っている。通話履歴に残る番号は所有者不詳……〈飛ばし〉だと推察されます」

「肩が凝る」小泉が首をまわした。「前置きはもうええ。用件を言わんかい」

「写真を見せていただけませんか」

「ない」

「どうして拒むのですか。あの大塚がしくじるとは……」

「しつこいわ」小泉が声を荒らげた。「あんたにあいつの何がわかるねん」

岡野は肩で息をした。やはり、一筋縄ではいかない。

「いいでしょう。それなら、面通しを頼みます。牛込署にいる被疑者を見てほしい。ほかの容疑者を捕まえたときもお願いします」

「本人に頭をさげろ」

小泉が煙草に火をつける。水面に目をやり、ゆっくりとした仕種でふかした。落ち着き払っている。岡野はそう感じた。棘をふくんだもの言いは前回とおなじだけれど、相手を威圧するような雰囲気は消えている。

その背景に気がむきかけたとき、声がした。

「あんたの狙いはなんや」

「犯人を逮捕する。ほかにありますか」

「ほざいとれ」小泉が煙草を消した。「いぬわ」

岡野は両手で小泉の動きを制した。

「どうにも首筋が寒くて……悪い予感がするんです」

正直に言った。

小泉にごまかしや駆け引きが通用しないのはわかった。口数がすくなかったのは、己の目と耳で相手の胸中を読んでいたからだろう。

他人の言葉は信じないのか。そうしなければ生きてゆけない世界にいるのか。

そんなことが頭をよぎった。

★　★

岡野と別れ、小泉はＴＭＲのオフィスにむかった。

「おはようございます」

愛美と由梨が声を揃《そろ》えた。

「ランチは」

「これからです」

愛美が答えた。

小泉はパーティションの奥を覗《のぞ》いた。プログラマーの清水もいない。

「きょうは臨時休業にする」

言って、経理の内藤の前に一万円を置いた。

「三人でランチを食べて帰りなさい」

「ありがとうございます」

また女二人が声を発した。内藤はこまったような顔をしている。

「たりないのか」

「いいえ。女房が弁当を……いえ、ご馳走になります」

三人がデスクを整理し始めた。


待つこと三十分あまり。靴音がした。社長室のドアは開け放っている。

「おいおい、倒産か」

声のあと、吉村が顔を覗かせた。

「潰れてほしいんか」

「それはこまる。ここは飯のタネ……城西より稼ぎになる」

「冷蔵庫から好きなん持って来いや。俺はいらん」

缶ビールを手に吉村が戻り、ソファにくつろいだ。

小泉はデスクを離れた。立ったまま、手を伸ばした。

「こいつに見覚えはあるか」

吉村が写真を手にした。大塚が水上レストランで撮ったものだ。

「知らんな」

「よう見い」

「見たことない」吉村が顔をあげた。「誰だ、こいつ」

小泉は、思いっきり足を伸ばした。靴底が吉村の顔面を直撃する。

「ひぃ」

吉村が悲鳴を発し、ソファごとひっくり返った。

「その面、潰したる」

接近し、右足をあげる。踏みつける寸前、軸足を払われた。吉村は柔道の段持ちだ。体勢を崩しながら右肘を畳む。そのまま吉村に倒れかかった。

肘が鳩尾《みぞおち》にめり込んだ。

「うっ」

声と共に、吉村が吐いた。横をむき、背をまるめる。

小泉はネクタイで吉村の首を絞めた。

左腕が疼く。腫れはひいていない。

「こら、おんどれ。俺を売るとはどういう了見や」

「待て」声がかすれた。「誤解だ。話すから……冷静になれ」

「誤解やと……どの口がぬかしとんじゃ」

「俺は、おまえを裏切ったりしない」

「この期に及んで……」

小泉は右手で灰皿を摑んだ。

吉村が両手で顔を覆う。

「やめろ」叫んだ。「全部話す。話すから……やめろ」

小泉はソファに腰をおろした。

吉村も座り、上着の袖で顔を拭った。それでも嘔吐物《おうとぶつ》と血にまみれている。

「勝手に喋らんかい。気に食わなんだら、片端《かたわ》にしたる」

小泉はソファにもたれた。

吉村が煙草を喫いつける。顔がゆがんだ。口の中も切れているのだ。

「城西の清田さんに頼まれた。おまえがやってることを教えろと……清田さんはTMRと詐欺組織とのつながりを知りたがった。が、俺は、おまえがどんな連中と取引してるか知らない。で、そう答えた。しかし、清田さんは執拗《しつよう》だった。俺が依頼されたこと、その調査結果を洗いざらい話せと……ことわれなかった。警察をクビになった俺を拾ってくれた人だからな。警察情報に強いのも、半分はあの人のおかげだ」

「いつのことや」

「はじめに声をかけられて二か月になる。そのとき、訊いたんだ。どうして小泉に興味を持つのかと……それまで数え切れないほど飲み食いに誘われたが、おまえの名前は一度も聞いたことがなかったからな」

吉村が煙草をふかし、舌先でくちびるを舐めた。

先週末に『京の里』で会ったときの、豊川の言葉がうかんだ。

息子から相談を受け、野村専務の了解の上で自分に合併を持ちかけた。息子に相談されたのはことし二月と言った。合併話は三月のことだった。

それに吉村の話をかさねれば、背景が見えてくる。常務の坂井はおなじ時期に合併の件を知り、部下の清田に自分の調査を命じた。

そこまで推察し、小泉は、過日の吉村とのやりとりを思いだした。

――ところで、城西の社長と会ってるのか――

――ここのところ、ご無沙汰や……城西に気になることでもあるんか――

――そういうわけではないが――

あのとき、吉村はめずらしく歯切れが悪かった。

その前日、鰻料理店で会ったときに、〈平成27年4月6日、有楽町麴町駅構内での傷害事件〉、と書いた紙を渡し、調査を依頼した。

吉村が煙草をもみ消した。

「おまえが麹町駅の傷害事件に興味を持ったことも、そのあと『すみれ』の木田を監視しだしたことも話した」吉村がおおきく息を吐いた。「そのとき、城西のお家騒動を聞かされ、坂井常務が社長になれば、俺を自分の後任にしてやると言われた」

「で、尻尾をふった」

吉村が首をふる。力がなかった。

「部長なんて、柄《がら》じゃない。そんな餌に飛びつくほど初心《うぶ》でもない」胸の内を吐きだすように言った。「俺はな、けっこうたのしんでたんだ。おまえは好きだし、相手に嫌われていようと、かつての仲間とつながってるのは安心だった」

小泉は無言で吉村を見つめた。目が落ち着きを取り戻している。

「木田が殺されて……ようやく、気づいた。清田さんがおまえのことを知りたかったわけを……お家騒動とは関係なく、おまえを潰したかったんだ」

「警察を利用してか」

「ああ。木田を殺ったのは、おまえに罪を着せるためではなく、捜査の目をおまえにむけたかったのだと思う」

小泉は頷いた。ほかは考えられない。

警察が自分の身辺を捜査し始めたところで、その事実を流布する。それだけでTMRの顧客は離れる。とくに、闇組織の連中は寄りつかなくなる。

「絵図を描いたんは児玉組か」

吉村がこくりと頷いた。

「俺は、坂井常務と清田さんの人脈を調べた。清田さんは一時期、大崎署にいたことがある。そのころ東勇会会長の井上と縁ができたらしい。その縁は、清田さんが本庁に移っても続き、清田さんと井上が仲を持って、坂井と児玉組長が接近した」

「特殊詐欺専従班が東勇会を的にかけない理由はそのへんか」

「たぶんな。だが、坂井の力がそれほど強いわけじゃない。警視庁は、警察と暴力団の癒着の構図が公になるのを恐れている」

「詐欺組織の摘発よりも、警察の面子《メンツ》か」

「そんなものよ」

「児玉組は何を企んでる。俺が邪魔なら銃弾一発あれば片づく」

「そんなことをすれば警察の追及を受け、計画がぱあになる」

小泉は口をつぐみ、あとの言葉を待った。

「TMRが闇に流す商品は優良だが値が高い……」吉村の表情が弛んだ。「そんなうわさを耳にした。が、それを妬むとか、横取りするとか、そんな次元の話じゃない。児玉組は関東の詐欺組織を束ねようとしているんだ」

想定内の話だ。おそらく、神俠会の金光も児玉の野望に与《くみ》している。

——黒木の野郎が来ました——

きのう、六本木の中国料理店を見張っていた大塚から続報が届いた。小泉は、血気に走る大塚をなだめるのに苦労した。

吉村が顔を突きだした。

「俺に手伝えることはあるか」

小泉はテーブルの写真を指さした。

「こいつの身元が知りたい。東勇会か、例の人材派遣会社の周辺におるはずや」

「わかった。あとで問い合わせる」

「どあほ」怒声を発した。「あんたを信じたわけやない。ここで電話せえ。この写真をメールで送り、なんとしても見つけだせ」

吉村が携帯電話を手にするのを見て、腰をあげた。携帯電話が鳴っている。

デスクに座り、耳にあてた。黒木からだ。

「なんや」

《ご機嫌斜めだな》

声に余裕がある。

「おちょくっとるんか」

《そうとがるな。話がある。これから会おう》
「……」
《悪い話じゃない。大阪に相談した上でのことだ》
罠か。懐柔か。ためらいはすぐに消えた。
「日比谷公園の駐車場で、どうや」
《地下駐車場はこりごりだ。ホテルのラウンジにしようぜ》
「溜池のＡＮＡ……二階にラウンジがある」
《よし。三時だ。遅れるなよ》
携帯電話をデスクに置き、前方を見た。
吉村は鼻をさわっている。連絡待ちなのだろう。何度か電話していた。
小泉は給湯室に行った。戻って、濡らしたタオルと氷水を吉村に手渡した。
「でかける。帰るまでになんとかしろ」
言い置き、背をむけた。

★　　★

秀一は、ときどき意識が飛ぶのを自覚していた。視線はビルの通路とエレベータにむけているのだが、眼前を通り過ぎたのが男か女かもわからないこともある。

三日ぶりに山田里菜と連絡がとれたせいだ。

ランチのあと、新橋のＳＬ広場でかけた電話がつながった。

《元気》

いきなり言われた。あかるい声だった。

「何度も電話したのに」

《ごめん。そのときの気分で電話にでないこともあるから気にしないで》

悪びれるふうもなかった。

むっとなったが、我慢した。電話を切られたくない。

「あれからいろいろあって、相談したかったんだ」

《皆、いろいろあるわよ》さめたもの言いだった。《これから学校に行くけど、秀一くんはどうするの》

「しばらく行けそうにない。またバイトを始めたんだ」

《そう》

「旭さんと」

すこしの間が空いた。

《殺された人を一緒に監視していた人かな》
秀一はとまどった。警察の事情聴取を受けるはめになった経緯は話したけれど、小泉や大塚の名前を言ったか憶えていない。
「そう」
《犯人扱いされて……仕返しに、真犯人を捕まえるの》
からかわれているようで不快になった。大塚の誘いに乗った理由のひとつは里菜とのデート資金を貯めるためである。
「つぎは俺がおごるよ」
《えっ。ああ……そんなこといいよ。ああいうのも気分だから》
「俺を部屋に入れたのも……」
《秀一くん》声が強くなった。《言いたいことがあるならはっきり言ってよ》
「俺……里菜が好きなんだ」
《わたしも好きよ。でも、プライベートには干渉しないで》
「干渉なんて……」
《もう、でかける。また飲みに行こうね》
一方的に通話が切れた。
何なんだ、俺は。

秀一は、電子音が鳴る携帯電話にむかって、つぶやいた。

携帯電話で時刻を確認した。午後二時三十一分。四時には大塚と合流する。

両手で頬を叩き、気合を入れた。里菜の心中を想ったところでどうにもならない。里菜の部屋にいた三日間は夢心地だった。夢ではおわらせたくない。

エレベータが開いた。男五人とひとりの女が出てきた。清田がいる。

秀一は席を立った。あとを尾ける。清田との間に人ひとりか二人をはさむようにして距離を保つ。尾行もだいぶ慣れてきた。

横断歩道を渡り、清田が路地に入る。

秀一は足を速め、距離を詰める。清田が路地角を左折した。あとに続く。

「あっ」

声が洩れたときは遅かった。ぶつかりそうな位置に清田が立っていた。

「俺に用か、高島くん」

見下したようなもの言いと表情だった。

背後から両腕をかかえられた。声を失くした。脇腹に刃物がある。

「騒ぐな」低い声がした。「こい」

まばらだが、人が通っている。誰も気づかなかった。

傍らに黒い車が停まり、その後部座席に押し込められた。

「先に行け」

清田が命じた。

車が動きだす。運転席と助手席に男がいる。顔は見えない。秀一の両脇にはスーツを着た中年男と、チノパンツにブルゾンを着た若者。若者は刃渡り十五センチほどのナイフの刃先を秀一の脇腹にあてている。車がゆれたら刺さりそうだ。

脂汗がにじんだ。膝はがくがく鳴っている。口中はとっくにひからびた。

中年男に睨まれた。

「電話だ」

「えっ」

声はうめきに変わった。中年男の肘が肋骨《ろっこつ》を直撃したのだ。

「大塚に電話しろ。ハンズフリーでな」

言われたとおりにした。肋骨が痛む。息をするのも苦しい。

一回の着信音で、つながった。

《どうした。やつが動いたんか》

「戸田だ」

中年男が言った。

《なんやと。東勇会の戸田かい》
「粋がるな。まぬけ野郎が……おまえらが六本木にいたこともわかってるんだ。チンピラが、やくざを舐めるな」
《けっ。俺の相棒はどうした》
「おい」戸田が目で凄んだ。「泣いて頼め。助けてくれと」
「旭さん……」声がかすれた。「すみません……」
《怪我はないか》
返事をする前に、戸田が口をひらく。
「おまえがくれれば、ガキは助かる」
《場所を言わんかい》
大塚は強気一辺倒だ。ほんのわずかだが、秀一は気持が強くなった。
「大井埠頭《ふとう》の×△……倉庫の場所はあとで教える。ひとりが恐けりゃ、小泉を呼んでも構わんが、三時半までに来い。一分過ぎるたびガキの指をへし折る」
《行くさかい、待っとれ》
「たのしみや。その口にセメント詰め込んでやる」
男たちが笑った。
「埠頭に着いたらガキのケータイに電話しろ」

《清田はおるんか。井上も歓迎してくれるんか》

「てめえ」声がとがった。「とっとと来やがれ」

言いおえる前に電子音が鳴った。

「カッ」

「はい」

戸田のひと声に、助手席の男がふりむいた。

「あっ」

思わず声がでた。似ている。遠目にちらっと見ただけだが、飯田橋の水上レストランにいた男の顔は憶えていた。男がにやりとした。秀一は背筋が寒くなった。

「ものはついでだ。おまえが殺《ヤ》れ」

「まかせてください」

男が平然と答えた。

★　★

ホテルの地下駐車場に車を停め、エレベータであがった。

二階の『アトリウムラウンジ』は半分ほどの入りだった。

黒木は壁際の四人掛けのテーブル席にひとりでいた。紺地にピンストライプのスーツを着て、胸にベージュのポケットチーフを挿している。

「ご足労願って申し訳ない」

やけに丁寧なもの言いだった。

小泉は正面に座り、コーヒーを注文した。

黒木の前にはティーカップとスマートフォンがある。

灰皿を見て、煙草をくわえた。

「用件はなんや」

「そう急ぐな」黒木がちらっとスマホを見た。「傷の具合はどうだ」

「かすり傷や」

どうして知ってる。そう訊く気にもならない。

「それはなによりだ。むこうは全治三か月と一か月……ひどい顔だった」

「治療費の請求かい」

「そんな野暮は言わない。きょうはあんたにもいい話を持ってきた」

黒木が頬を弛めた。

そこへコーヒーが運ばれてきた。ひと口飲んで、視線を戻した。

「どうだ。つまらん面倒は水に流して、手を組まないか」

「俺ら……束ね役は誠和会の児玉さんだ。この話、金光の親分も承知してる」

黒木が声をひそめた。

そうしなくてもいいほど客席はゆったり配されている。となりは空席だ。

「承知やのうて、結託やろ」

「そこまでわかってるのなら話が早い」

黒木がにやりとし、視線をさげた。

「関東の組織を一本化する。そうすりゃ一千億円にも手が届く」

前年、特殊詐欺による被害額は全国で五百六十億円を超えた。行政、警察、金融機関などが犯罪防止に躍起になっても被害は拡大している。警察に被害届をださない人もいるので被害総額は警察発表の二割増しともいわれている。

「強欲やのう。けど、暴力団が仲良くしのぎを分け合うとは思えん」

「狙いは、チンピラどもの撲滅や」

「はあ」

「ちかごろは、半グレやおちこぼれの堅気が俺らのしのぎにちょっかいだしてる。連中を叩き潰し、秩序ある共存共栄を図る……多くの方々の賛同を得ている」

「あほくさ」

「誰と」

吐き捨てるように言い、煙草をふかした。

「関東の暴力団が大同団結する前に参加しろ。あんたのためや」

「どういう意味や」

「企業並みに組織化され、各部門が充実すれば、あんたの出る幕はなくなる。オンライン化で個人情報を共有できる。価格も統一される」

「好きにさらせ。俺は誰とも組まん」

「潰されるぞ。が、いまなら間に合う。あんたが参加するのなら、情報部門をまかせてもいいと……児玉さんはおっしゃった」

「どういう風の吹き回しや。あの手この手で俺を刺激しといて」

「忘れろ。あんたはおつりがくるほど東勇会の連中を痛めつけた。それでも、児玉さんは手を組もうと言ってる。懐のひろいお方なんだ」

「えらい持ち上げようやのう。おまえ、神俠会の枝やないんか。関東者の神輿《みこし》担いで……関西に顔向けできるんかい」

「いずれ、東西が合体する。児玉さんと金光の親分はその礎になる」

「聞いてられん」

小泉は煙草を捻《ひね》り潰し、腰をうかした。

「待て」声がうわずった。「もうすこしつき合え」

黒木がスマホを見る。

とっさに腕が伸びた。スーツの襟を摑む。

「さっきから時間気にして、なに企んでやがる」

「手を放せ。通報されるぞ」

「言わんかい。なんで時間を稼ぐ」

「もう遅い」黒木が目で笑った。「報復よ」

「くそっ」

小泉は駆けだした。ロビーを突っ切り、階段を降りる。

レクサスに乗り、携帯電話を耳にあてた。

「どこや」

《大井にむかってます。ヒデが攫われました》

「なんですぐ連絡せんのや」

《俺のへまです。ヒデをひとりにしたさかい……けど、必ず助けだします》

「大井のどこや」

アクセルを踏んだ。

《倉庫です》

「すぐ行く。俺が着くまで待っとれ」

《時間がおません。兄貴が着く前にケリつけますわ》
通話が切れた。
道路に出たところで、携帯電話が鳴った。吉村だ。ハンズフリーで応じる。
《身元がわかった》声に力がある。《山口勝也《やまぐちかつや》、三十二歳。児玉組の準構成員だ》
「東勇会やないんか」
《ああ。それで時間を食った。山口は半グレで、ドラッグをしのぎにしていたが、警察は逮捕するに至らなかった。半年ほど前、児玉組の身内になったようだ》
ナビゲーションが首都高速道路の入口を示した。
「岡野に教えたれ」
《真犯人《ホンボシ》か》
「岡野は、水上レストランにあらわれた男を的にかけてる」
《わかった。おまえは戻ってくるのか》
「大井に行く」
《何があった》
「旭があぶない」
《なにっ。東勇会に攫われたのか》
「攫われたんはバイトの小僧……で、旭が呼びだされた」

《場所を言え》早口になった。《大塚は車か》

「タクシーやろ」常時監視で車は使わない。「止められるか」

《時間次第だ。大塚はどのへんにいる。おまえはいつ知った》

「三分前、むこうてる途中やと思う。時間がないと言うてた」

高速道路入口のＥＴＣレーンを通過する。レクサスはＥＴＣが標準装備だ。

《岡野を動かす。いいか》

警察の介入を気にしたのだ。

「かまへん」

小泉は即答した。フロントパネルのデジタルを見る。15:24。

レクサスが静かに加速する。

★

★

まもなく午後三時半になる。

生きた心地がしない。手足を縛られ、コンクリートの床に転がされている。目隠しも猿轡もされていない。「声をだせば殺す」。顔面を一発殴られ、そう威された。

秀一は石ころになった。どうせなら目隠しをされたほうがましである。

コンテナがならぶ倉庫の半分はがらんとし、そこに六人の男がいる。三人がスチールパイプ椅子に座っている。清田と戸田、中央の男は戸田が「親分」と呼んだ。ブルドッグのような顔で、肥満の身体を黒のスーツに包んでいる。

おおきな扉の脇にドアがある。その前にブルゾンの男、親分のそばには坊主頭の男。どちらも両手をうしろに組み、杭棒のように立っている。

戸田に「カツ」と呼ばれた男は歩き回っている。落ち着かない様子が見て取れる。

しかし、秀一の感情の乱れはカツの比ではなかった。

ほんとうに大塚は来るのだろうか。

《来るわけない。縁もゆかりも義理もないのだ》

頭のどこかで声がした。

大塚が来たら、自分は助かるのだろうか。自分を拉致したのはやくざだ。東勇会と聞かなくても、連中の面構えと雰囲気でまともな人間でないのはわかる。

車中での、戸田とカツのやりとりは強烈だった。

――ものはついでだ。おまえが殺《ヤ》れ――

――まかせてください――

自分も〈ついで〉にされるのではないか。

《あたりまえじゃないか。目撃者を解放するものか》

また声が聞こえた。

頭が痺《しび》れてきた。頬骨が痛い。身体を動かすこともできない己がみじめだ。

恐怖は秒を刻むごとにおおきくなっている。

「大塚というガキはひとりで来るんだろうな」

親分が言った。

「そういう男だそうです」

戸田が答えた。落ち着き払っている。

「小泉と一緒に来る可能性は」

「ないでしょう。そうならないよう黒木を動かし、大塚には時間を切ったんです」

ついさっき、戸田に電話がかかってきた。

――二十分ごろ、小泉は溜池のホテルを出たそうです。大塚に連絡したとして、どんなに急いでも、ここへ来るのに三十分はかかります――

電話のあと、戸田は親分にそう言った。

「しかし……クズどもが、あんなガキのために命を張ると思うか」

親分は心配顔を崩さない。

戸田が苦笑した。

親分がさらに続ける。

「大塚を縛りあげたあとで、小泉を始末するんだな」

「違います。大塚には先に死んでもらいます」

「わたしの前で……」清田が口をはさんだ。「物騒な話をするな。わたしは面倒がおきないよう付き添っている。何をしようと構わんが、わたしが去ってからにしなさい」

「手は打ってあるんだろうな」

親分が言った。

「心配ない。警察が動けば連絡が入る」

余裕のもの言いだった。

着信音がした。戸田が携帯電話を持った。秀一から奪ったものだ。

「遅いぞ。一分の遅刻だ」

《じゃかましい。場所を言わんかい》

大塚の声が聞こえた。ハンズフリーにしているのだ。

「岸壁側、Ａの○×……若い者が立ってる」

《Ａの○×やな。おお、見えたわ。セメントこねてろ》

大塚の威勢のいい声を聞くたび、秀一はわずかな希望を覚えた。

「ヒデ」大塚の声がこだまする。「生きてたか」

カーゴパンツに半袖ポロシャツ。昼に見たジャケットは着ていない。

秀一は頷いた。声がでない。

ドアのそばにいたブルゾンの男が大塚のポケットと腰まわりをさわりだした。大塚は動かない。首筋に刃先が見えた。うしろから短髪の男がナイフをあてがっている。

「ヒデを放せ」

「ぬかすな。ガキは……」

戸田の声に悲鳴がかさなる。

大塚の左肘が短髪男の脇腹を打った。間髪を容《い》れず、ナイフを持つ手首を摑んで腰を払う。男がもんどり打つや、大塚の左拳がブルゾン男の顎を捉えた。

大塚がむかってきた。駆けながらポロシャツをたくしあげる。カチッと音がした。ナイフだ。刃渡りが短い。鳩尾にテープで留めていたとわかった。

★　★

携帯電話が鳴った。吉村からだ。
《どこだ》
「埠頭は目の前や」

《倉庫は岸壁側、Aの○×……大塚を乗せたタクシーの運転手が証言した。降りる前に電話でやりとりしていたそうだ》

都内の主要道路に設置されたNシステムが大塚の顔を捉えていたか。ここ数年でカメラの性能は格段に向上し、角度によっては後部座席の者も鮮明に捉えるという。営業走行中のタクシーとの交信も迅速になった。緊急時の符丁もある。

「恩に着る」

《岡野がむかった。とりあえず同行者はひとり、岡野の相棒らしい》

「待ってられん」

グローブボックスを開き、カッターナイフを取りだした。幅も厚みもある業務用だ。

《無茶はするな。なんとか時間を稼げ》

「旭が死ぬ」

ため息が聞こえた。

「あんたは城西に行け。専務の野村を問い詰めろ」

《野村は社長の腹心だぞ》

「豊川と野村の内緒話が坂井に洩れた。ことの発端はそこや」

《専務と常務が結託……》

「それしか考えられん。野村をおとせば、坂井も観念する」

ハンドルを切り、ブレーキを踏む。カッターナイフを手に飛びだした。

★　★

大塚が滑り込むようにして立て膝をつく。

手が自由になった。同時に声がでた。

「あぶない」

カツがナイフを腰にあて、突進してきた。

ふりむきざま、大塚は左手でカツの足を払った。カツの体勢が崩れた。すかさず、大塚が右腕を伸ばす。ナイフがカツの脇腹に刺さった。

大塚が腰をかがめ、秀一の足首に巻かれた紐を切る。

「来たっ」

また、秀一は叫んだ。

ナイフを持つ短髪男とパイプを握るブルゾン男が左右から大塚に接近する。

大塚も構え直した。

「やれ。ぶちのめせ」

親分がわめいた。

秀一は、ちらっと椅子のほうを見た。

三人とも立ちあがっていた。戸田は口を結び、戦況を見つめている。清田はおどおどしているふうに見えた。

「かかってこんかい」

大塚が挑発する。

奇声を発し、ブルゾン男がパイプをふりかざす。

大塚は男の懐に飛び込んだ。胸に頭突きを食らわせた。男が真後ろに倒れ、頭を床に打ちつけた。パイプが椅子のほうへ飛んだ。

「ひっ」

親分がはねるようにして避《よ》けた。

「殺れ」

低く、重い声がした。戸田だ。

傍らに控える坊主頭の男が内懐に手を入れる。

「あっ」

秀一が声をあげたときにはもう、坊主男が拳銃を構えていた。

大塚も気づいた。左に動く。秀一との距離がすこし空いた。

銃声が轟《とどろ》いた。

大塚の上半身が反った。うめき声のあと、ゆっくりと膝から崩れた。

「旭さんっ」

秀一は這い寄った。

大塚が胸に手をあて喘《あえ》ぐ。まばたきした。シャツが血に染まる。

「旭さん」秀一は覆いかぶさるようにした。「死なないで……旭さん」

泣き声になった。

「なんてことを……わたしは知らん。知らんぞ……帰る」

清田の声と靴音がした。が、秀一は大塚から目を離さない。

「ヒデ……」かすかに聞こえた。「にげ……ろ……」

秀一は首をふり続けた。「死んじゃいやだ」声をふりしぼった。

大塚が薄目を閉じた。

★

★

遠くにサイレンが聞こえる。

ドアを開ける寸前、中から男が飛びだしてきた。清田だ。

小泉は、とっさに背後を取った。左腕を首に絡め、カッターの刃を頬にあてる。身体を密着させて倉庫に入った。清田はあらがわない。

「小泉さん」

甲高い声が響いた。コンテナの近くに、四つん這いの秀一がいた。

すぐそばに男が倒れている。大塚だ。

「旭っ」

呼んだが、返事はなかった。

秀一の顔はくしゃくしゃになっている。目が合うと、何度も顔をふった。

「待ってたぜ」

声がして、視線を移した。

戸田が薄ら笑っている。となりで坊主男が拳銃を構えていた。その男のうしろ、身を隠すようにしているのは井上とわかった。

清田を盾に、三人に近づく。

「撃て」

戸田が命じた。

「やめろ」

清田が声をひきつらせた。

三メートルに接近した。

「面倒だ」戸田が顔をゆがめた。「二人とも殺れ」

坊主男が腰をおとす。

小泉は、わめく清田を突き飛ばした。カッターを投げる。

坊主男が体をかわした。

「ぎゃあ」

奇声が響き渡る。井上が両手で顔の右半分を覆った。指の間から血が流れた。

「親分っ」

坊主男がうろたえる。視線が切れた。

小泉は床を蹴った。坊主男に飛びかかる。

もつれて、床に転がった。相手の頭を床にぶつける。三度目で白目をむいた。

背をまるめ、井上がドアロへ逃げる。

「待たんかい」

立ちあがった。

「うしろっ」

叫び声がした。

小泉は床を転がった。

銃声がし、そばでコンクリートが弾けた。もう一発。小泉はうめいた。

拳銃を手に、戸田が近づく。

「警察だ」

岡野が飛び込んできた。別の男が井上を壁に押しつける。

二人ではなかった。制服警察官がどかどかと入ってきた。

「旭……」

声がかすれた。手を伸ばした。が、届かない。

★　　★

大塚を襲った銃弾は右肺を貫通していた。それが不幸中の幸いだった。

手術は五時間におよび、丸三日、集中治療室で生死の境を彷徨《さまよ》っていたという。

──峠は越しました──

医師はそう言った。

──あとは合併症がおきないよう願うだけです。もちろん、万全を期します──

その言葉は聞き流した。

自慢のオールバックが乱れている。梳《す》いてやりたいが、そうはできない。病室に移っても ベッドはビニールシートに囲われている。

大塚はおだやかな顔で眠っている。

小泉は、丸椅子に座る高島の肩にふれてから、ベッドを離れた。

高島のとなりにいる女が頭をさげた。山田里菜と名乗った。初対面だった。

病室を出た。通路で待っていた岡野と肩をならべ、ロビーへむかう。

「話せましたか」

岡野の問いに首をふった。

「おきてたのですか」

また首をふる。大塚の話はしたくない。話題を変えた。

「あの女は」

岡野がこまったような顔をした。

「小僧の彼女か」

「さあ、なんとも……」曖昧に言った。「あの日、高島が連絡したとか。さっき看護師に聞いたのだが、毎日来て、面会時間がおわるまでいるそうです」

「小僧は」

「牛込署と病院を行ったり来たりしているみたいですね」

階段を降りる。

小泉はおなじ病院に運ばれた。

銃弾は縫合した傷をかすめていた。運がよかった。包帯を巻いていなければ、肉が削《そ》がれていた。いまは三角巾が邪魔なだけだ。

警察の訊問は病室で行なった。小泉のわがままである。病院を離れたくなかった。一日で退院のところを四日間いたのもおなじ理由だった。

岡野が労をとったのか、捜査本部はそれを認めた。身柄を押さえられる微罪は幾つもあるけれど、警察はそれらを黙認した。それどころではないのだ。

捜査本部は犯人逮捕で安堵しても、警視庁は、事件の背景があきらかになるほどに憂慮を深めているはずである。すでにマスコミは警察関係者と暴力団の癒着に着眼している。

小泉に真相を暴露されてはよけい面倒になるとの思惑も働いたのだろう。

階段を降りたところで、岡野が立ち止まった。

「おかげで助かりました」

岡野が猪首《いくび》をさすった。

胸の内はわかる。吉村の動向が気になっていたのだ。

小泉が罪に問われなかったことで、吉村は事情聴取さえ受けなかった。殺人教唆および殺人幇助の容疑で逮捕された清田の供述次第で状況が変わることも考えられるが、小泉同様、吉村も警察にとってはかかわりたくない存在と思える。

「礼はいらん。俺も首の皮一枚やった」

岡野が目で笑い、話を続けた。

「吉村はどうしていますか」

「会《お》うてないんか」

「ええ。電話しましたが、でません。見舞いに来たのですか」

「忘れた」

そっけなく返した。

きのう、消灯間際にひょっこり病室にあらわれた。

スポーツ中継で見かけるフェイスガードを着けていた。鼻骨が折れたという。

命の恩人なのだから、退院したら銀座に連れて行けとせがまれた。厚顔無恥。めげない性格は死ぬまで直らない。

それでも、大塚の意識が戻ったと知ってから来院したのは表情でわかった。

「あいつは自分の疵……うっとうしい男なのですが……」

岡野が声を切り、苦笑した。吉村にも感謝しているのだろう。

「自分はここで。病室に戻ります」

「ああ」

小泉はフロアを横切り、正面玄関にむかった。

そとは暮れなずんでいた。

駐車場の端に三岐子を見た。車にもたれている。赤い車体のミニクーパーだ。紺色のロング丈フレアスカート、白のタンクトップに黄色いシャツ。臍《へそ》のあたりで裾を結んでいる。髪は風にまかせていた。

近づくと、三岐子が助手席のドアを開けた。

三岐子が運転席に乗り、シートベルトを着ける。

「この車、誰のや」

「わたしのよ。運転できるのも知らなかったでしょう」

「知らんことだらけや。けど、それでええ」

三岐子が肩をすぼめ、アクセルを踏んだ。

本書は書き下ろし作品です。
登場人物、団体名等、全て架空のものです。

ハルキ文庫

は 3-22

ザ・ヒート

著者 浜田文人《はまだふみひと》

2015年8月28日第一刷発行

発行者 角川春樹

発行所 株式会社角川春樹事務所
〒102-0074 東京都千代田区九段南2-1-30 イタリア文化会館

電話 03(3263)5247(編集)
03(3263)5881(営業)

印刷・製本 中央精版印刷株式会社

フォーマット・デザイン 芦澤泰偉
表紙イラストレーション 門坂 流



ISBN978-4-7584-3933-6 C0193 ©2015 Fumihito Hamada Printed in Japan
http://www.kadokawaharuki.co.jp/[営業]
fanmail@kadokawaharuki.co.jp[編集] ご意見・ご感想をお寄せください。